MW01535308

Brea

BREA

Eliécer Almaguer

© Eliécer Almaguer, 2024

© Ediciones Shamisen, 2024

Edición: José Luis Serrano
Diseño y diagramación: Robert Ráez

ISBN: 9798329904543

Todos los derechos reservados. Bajo las sanciones que establece la ley, queda rigurosamente prohibida, sin la autorización escrita del autor, la reproducción total o parcial de esta obra por ningún medio, ya sea electrónico o mecánico, incluyendo fotocopias o distribución en Internet.

La poesía no sirve para nada,
salvo para vivir.
EUGENIO MONTEJO

I
Canción para
despertar al forastero

AQUÍ ESTOY
pensando que soy un payaso
que se muere de risa al primer acto.
Queriendo saltar del trapecio
antes que los aplausos se hinchen.
Encerrado lúcidamente en mi demencia
con este haz de palabras
incrustadas en la garganta.

QUE COMIENCEN A FERMENTARSE
las canciones amadas
que inicie una lenta pudrición
de las estrofas
algo lejano, como el silbido
de la infancia en los bambúes.

YO SOY EL POETA
no tengo otra verdad
que esta certidumbre tormentosa
mi hallazgo sobre
la desgastada tierra.

ESCRIBIENDO ES COMO ÚNICO ESTOY VIVO
escribiendo el mundo que soy
los seres que me rondan
comunicándome como la lluvia
en las entrañas de la tierra.
He decidido revelar mi historia
a los nudos de los árboles
al tronco agonizante.
Escribiendo es como único estoy vivo
y estaré más allá
de las enmudecidas rocas.

PERO LA MUERTE TAMBIÉN MUERE CONMIGO
cuando entra a los jugos de mi cuerpo
porque la muerte tiene que aniquilarnos
para resucitarse.
La muerte es una harapienta
y nuestros cuerpos monedas
que saldan su estancia entre los vivos
pagándole refugio y alimento.
Habremos de compadecerla
ser para ella dulces abrevaderos
como una jarra de fermentos propicios
y espumas elevadas.

LA MUERTE ES UN ASUNTO DE CARIDAD
a veces es la limosna más generosa
que un hombre puede recibir
de entre todas las monedas
aquella que tiene mayor brillo.

EL HOMBRE NO ACABA DE ADVERTIR
que somos el ser para la muerte
sigue masturbándose con la idea del más allá
se trata de una perturbación más
en nuestra inacabable cadena de perturbaciones
mientras estamos vivos nos masturbamos
incluso cuando entramos a otro cuerpo
solo conseguimos masturbarnos
la muerte es el enlace que nos falta.

LLEGAR A LA MUERTE SATISFECHO
como si acabaras de salir del banquete
con la misma sensación del bárbaro
que asesina a los niños y viola a las mujeres
y todavía reserva fuerzas
para esa irrupción definitiva
en la que desconocemos
quién es el violador y quién la víctima.

Para aplazar la muerte escribo
únicamente para aplazar la muerte.

Todos los otros regodeos
que mi cabeza ensaya sobre el polvo
los huevecillos desesperados
que desova mi mente
todo fue maquinado de entreacto.

Para aplazar la muerte escribo
para aplazar el día
en que yo sea su destinatario.

Sɪ ᴄᴜᴀɴᴅᴏ ᴇsᴄʀɪʙᴏ
pudiera acariciarme
palpar mi desamparo
si me aliviara al menos
como un masaje en los pies
a la hora precisa, a esa hora
en que el horizonte
es una avalancha contra la razón.

ME AVERGÜENZO CUANDO ME LLAMAN POETA
me abochorno cuando voy por las calles
y alguien me reconoce por este oficio
deuda gravosa que contraje con cantores
muertos hace ya siglos.

He subastado mi dolor
obscenidad del maniquí
que en el bulevar concurrido
exhibe prendas íntimas.

Soy incapaz de advertir
que voy expuesto ante la muchedumbre
como aquel rey que caminaba en cueros
creyéndose arropado por su túnica imperial
me creí arropado con los atuendos de la poesía
pero ella también anda en harapos
cortesana que gime cada noche en un lecho distinto
haciéndonos creer que solo a nosotros pertenece.

Por ti habito
en las casas anochecidas
de los hombres
y muerdo el polvo
y dejo que la luz me devore.
Por ti se ha deslizado
mi niño hasta las sombras
para que tu niño pueda ser.
Soy un poema
que desde sus orígenes te busca
acosado por los inquisidores
pero deseo intimidad contigo
que me perdones y perdonarte
por los insectos zumbando en mi cerebro
por todos los enjambres que me rondan.

DE LOS EXALTADOS Y LOS FANFARRONES
huye despavorida la poesía.
Consérvame, Señor
en la humildad de quien retorna
luego de ser martirizado.

Escucho el salmo de mañana
la plegaria sobre mis párpados vendidos
los clavos entran rasgando las tinieblas
sedantes para el espíritu
atribulado en estos postreros días
por la carne
el más punzante clavo es tu recuerdo
la memoria de tus cabellos
cicatrizando mis pies agrietados
el incienso con que tus poros
quemaban el atardecer.

DE MADRUGADA
edificas inútiles castillos verbales
como una Rapunzel
sin trenza que tirar al abismo
te grabas en los muslos
ardorosas palabras
incapaces de acariciarte el vientre
grávido de añoranzas.

Muchacha insomne
desde la torre de tu soledad
arrojas al vacío
el cuerpo solitario de tu nombre
lo despeñas con furor al viento.

Señor, estoy húmeda
este demonio
ha encandilado mis sentidos
con palabras lujuriantes
desgarrando el velo de somnolencia
bajo el cual vivía.
Mis pechos han vuelto a llamear
y los pezones hinchados cosquillean
mis muslos arden con fiebre adolescente
desbordados por una avalancha
de sensaciones.
Señor, anoche soñé
que una verga endemoniada
estucaba mis sombrías paredes
irradiando mi interior
con su esperma de animal frenético.

Escarbo en el lenguaje
pero todos los hijos que engendro
son interrupciones
que arrojo al cubo de los desechos.
Rebusco esa palabra
de la que nazca una criatura
que yo pueda mostrar con orgullo
un niño sonrosado y absorto
que escarbe en el lenguaje
y saque de lo profundo
una canción que ilumine el amanecer.
Canta, pequeño idiota, canta.

Dónde está
ese maldito pastorcillo
que me engañó
con su rostro
de muchacha virgen
e hizo que mis huesos
se precipitaran
hacia el Seol.

Yo pulsé el arpa
para los demonios de Saúl
pero amaba a Jonatán
y a Mical
cuyo nombre es como el maná
derramado sobre el hambre
de las bestias.

HE TENIDO SUEÑOS EXTRAÑOS
en noches sucesivas.
La mayor de mi estirpe
me ofrendó su cuerpo
y reprimí el candor
adentrándome en el vientre
como un alfarero
penetra en su vasija.
En otro sueño desfloré
a la más intacta de las vírgenes
y su carne temblaba y cedía
como el barro
bajo planchas ardientes.

PADRE,
mi centro hiere
en las noches de frío.
Adentro soy como
la levadura y el vino.
Elévame
muerde las hostias
de mi carne rendida
frota mis campanillas
temblorosas
que tu amor me trasvase.
Acércate y penetra
el origen del mal
labra tu humanidad
un nuevo redentor
fruto de mi manzana
y tu serpiente.

PERDÓNAME
espero que aceptes levantar
en mi corazón un monasterio.
Perdóname
y exonera mi espíritu
con el azufre que redimiste
la ciudad perdida.

ME ASEO PARA TOCAR
a mis palabras
soy el procurador
lavo mis manos
mientras las palabras
son crucificadas.

VOY POR EL MUNDO TRASEGANDO PALABRAS
malgastando jornadas en darles un fulgor innecesario.
No sé si los vocablos sobrevivientes de un lenguaje
asisten al sepulcro de aquellos
que han muerto o agonizan
no poseo certidumbre alguna
apenas dispongo de un puñado de términos imprecisos
con los que debí haber creado cierta intimidad
a estas alturas podrían desahogarse conmigo
y decirme por fin cómo será
lanzarme sin paracaídas a tu abismo.

MIS PALABRAS NO CONSIGUEN AMARSE
siameses a quienes la juntura del cráneo
se les ha hecho insoportable.
Soy siamés con un poeta
comparto mi cerebro
con el cerebro hidrocefálico de un poeta.
Una intervención con riesgo de muerte
podría zanjar el dilema.

LOS POETAS SON DETESTABLES
porque escarban en la inmundicia
su oficio es tan escabroso
como el del médico forense
pero de una obscenidad más grave:
el poeta hace autopsias a los seres vivos
convierte el sufrimiento ajeno
en material autobiográfico.

UNA TERNURA PENITENTE
unos deseos dolorosos
de hacer el amor a todas las hembras
el presentimiento de ir caminando
por los trillos del paraíso
mientras a besos nombro criaturas
la resolución de perdonar al traidor
y bendecir las manos
que habrán de entregarme
agradecerle por ese gesto que me hará
carne y dolor de hombre
ser el polen que el viento transporta
el árbol que los pájaros duplican
en sus migraciones
la criatura hecha del aliento de Dios
en el amanecer del día sexto.

SEÑOR
quise mirar atrás
hacia esas ciudades de inmundicia
donde algo de mi corazón se destrenzaba
el cuerpo de Lot
bajo el ramaje ardoroso de la encina
las nubes de fuego y azufre
penetrando las carnes histéricas del cielo.
Ahora, deja que los niños retocen
imaginando que soy únicamente
arena entre brotes de inocencia
déjalos levantar sus castillos
como mis hijas jugaron al milagroso
volando por las aguas
que retornen donde se juntan
seres del gran océano celeste
con el océano del polvo.
Que regresen al paraíso de los vivientes
y su padre logre hablarles en un tono piadoso:
es vuestra madre, hijas
aquella estatua acariciada por los niños
frente al mar.

Tienes una hoja vacía
y nada que decir,
has terminado contigo.
Culminada la autopsia,
completado el registro
de tus pulsaciones.
Las palabras
en la bolsa para cadáveres.

Estoy evaporándome
pasando del sueño de la vida
al letargo prematuro de la muerte,
de los callejones sin salida de la infancia
a los cubículos climatizados.

CARGAR LA MUERTE
como los marinos
cargan sus loros
la muerte platicadora
como un loro en mi hombro.

Estoy fuera de mí
y la llave la he dejado dentro.

Si regresaras
entre los hombres
volveríamos a crucificarte.
No te creeríamos
porque nuestra condición
es el destello.

LLAMARSE MUERTE
es como llamarse Tirso González
la muerte es un viejo general
que vuelve al campo
donde fuera abatido.

Si enfermas el alma de un niño
tendrás mañana un demonio con alas.

No hay muerte
me lo dijo un tal Fernando Caeiro
o Álvaro de Pessoa,
no recuerdo.

DICEN QUE SOMOS UNA RAZA EXTINTA
degenerada y achacosa
y que Dios ya no es el Dios de Abraham
el de los carneros degollados
sino el que ofrece en holocausto
al hijo para que los hombres
como lobos lo destrocen.

Qué importan
las predicciones
la extinción de millares
el cansado azufre
y el fuego inmemorial
qué importa el mundo
contra tu sola muerte
contra tu muerte solitaria
doblando tus rodillas
y tu corazón.

La madre responde acariciando el sitio
que debe coincidir con nuestra frente
como si nos estuviese bautizando.
Ciertamente bautiza
traza un armonioso jeroglífico
y beatifica nuestro cordón sangriento
nos hala desde su madriguera a la intemperie.
En ese contacto escalofriante
se fractura nuestra inocencia.

YA NO RECUERDO CÓMO ERAN
los pliegues fervorosos de la abuela
el alcanfor asedando mis palpitaciones
la inhalación secreta de los eucaliptos
ahora dejo que la infancia
me cite y nos deprave
ya todo fue vivido
la escalera hacia el árbol
las hebras de los curujeyes
los zunzunes anidando en el aire
los tirabuzones de Adnaliet
el gajito en los hombros
esa es tu madre
que tu santa no bese el polvo
que tu santa no bese el suelo.
Madre, ya no recuerdo
el sabor de tus pezones.

EL DELANTAL DE LA ABUELA
lleno de maíces
semillas musicales
su cloqueo para invocar a las gallinas
los granos como pequeños soles ardientes
que iluminaban el pico de las aves
el cerezo reventado de frutos rojos
sombras de espectros alrededor del candil
el taburete recostado al horcón
cuentos de aparecidos
luces que surgían de las piedras
el viejo Perico rigiendo las horas en el barrio
con el tañido de su campana.

Te nombro cuando la adolecida
rechaza los calmantes
cuando quiero sedarme definitivamente.
Pronuncio tu suave nombre
cuando los pájaros del miedo
chillan en bandadas hacia mi corazón.

Ahora soy el estambre
que madre restregaba con magueyes.
Madre se desgarró en el período raro del cocuy.
Orlando dice que algo lo visita
que alguien trae la paz de los espíritus mantis.
Orlando es un demente lúcido
yo estoy roto
de las yemas de madre
de hermana vaciándome
de que me saqueen
como a una alcancía destrozada
por la emoción del pobre
al escuchar el frágil tintineo de su felicidad.

Soy un efrit y mi rostro es de piedra.
Un ordinario efrit que puede tomar
el alma de cualquier hombre,
pero no puede tomar su propia alma.
Bajo tus velos se inclinan príncipes
y comerciantes de las más suaves telas
porque tu cuerpo es un telar y tu espíritu rueca
y tus manos vestiduras finas y danzantes hilos
y tu piel conoce el suave secreto
que la mañana escurre entre las campanillas.
Pero soy un efrit
y no puedo llegar ni al sueño ni a la muerte,
un genio desgraciado que no puede saborear
su libación en la plata virgen de tus manos.

El forastero

Estoy herido, pero a diferencia de los baldados en sus camillas mi herida es otra. Como César Vallejo desconozco la causa de mi dolor, de dónde viene esta marejada tremebunda. ¿Quién soy, el que ha escrito una canción para sí y es tan forastero que no puede hilvanar sus melodías, o el asesino que se enamora del cuello de su víctima? El amor es un verdugo y como tal se comporta en sus más insospechadas estaciones.

MI MADRE REPARTE LA TORTILLA
distribuye nuestra pobreza con equidad.
Echo mi ración en el plato del niño
engullo cucharadas de arroz
de una blancura de lejía
la blancura neblinosa de nuestras vidas
magulladas como el fondo del esmalte
el fondo sin fondo de nuestra miseria
salgo al patio y observo la luna
el trozo de cielo que gravita
sobre nuestras cabezas
de regreso señalando al plato vacío del pequeño
pregunto qué ha hecho con su ración
y desvía la mirada
hacia una pareja de perros famélicos
que agradecidos menean sus colas.

LA CARNE ES TRENZA
con que el mar anuda la nostalgia.
La carne es un bagazo,
ancla de carcoma para tu cuerpo náufrago.
¿A quién gritarás desde la arena magullada?
¿Qué sombría caracola escuchará
el musgo de nuestra voz,
la maraña de voces oscureciéndose
en las nieblas de los barcos?
Y el mar, por fin, ¿qué es? ¿qué otra cosa,
aparte de un enorme telar para los muertos?

ESTE ES EL POEMA DONDE APRENDO
a dar la vuelta de carnero
y la mortal sobre el puente
del río La Campana.
Este es el poema que carga
un mazo de leña para que abuela hierva
las tripas de los puercos
esas tripas rellenas con sangre
ahora trago palabras, me atraganto
como si fuesen morcilla casera.

UNA ROSA, UNA SANGRANTE ROSA
para tus glóbulos heridos.
La vida es un gran orfanato,
el único padre Dios,
un padre también huérfano
que brinda en nuestros
bazos afligidos.
Una rosa sangrante,
un pétalo de rocío en la mañana
para refrescar tus venas.
Estoy lejos, tan lejos
de los *flashes* del mundo
cantando siempre
en la primerísima persona del dolor.
Hoy canto para ti,
para que tu sangre se renueve.
Una rosa, un cáliz de ternura.
Canto para tus órganos ausentes
para tu corazón como una herida.
Una rosa, una sangrante rosa desangrada
para tus glóbulos transidos,
una pequeña ofrenda, lastimada mía.

Canta la mentira de ser vivos,
los pétalos de tu sangre desflorada,
y a esos dos que se agravian
y en la noche se vuelven uno
de agonía y misterio
y en la mañana se desjuntan
y se aceitan las máscaras,
entónalos
el mundo es un almacén de hipocresías,
el mundo es un buzón de esquizofrenias.

Canta por lo que han visto mis volados ojos,
la paciencia del frío,
la obscenidad de todas las vísceras
en un solo montón de amnesias colectivas,
las bolsas en que nos arrastramos día a día.

Estoy perdido, Rilke.
Antes creí que Dios podría encarrilarme,
pero debe sentirse hastiado de las nubes.
Estoy perdido, Rainer Maria,
busco la razón que me impele
en lo más acabado de mi alma.
¿Por qué es en mí toda la podredumbre
y terminan agriándome
las más bellas palabras?
¿Qué certidumbre me carcome
como polilla o gusano avariento?
Releo los santos manuscritos,
pero todo me sabe a olores rancios.
Sí que lo ensayo, Rainer,
sí que ensayo arrasarme
con toda esta agonía.

DIOS MÍO,
ya no quiero sedantes
deseo la armadura quebrada
de un legionario romano.
Yo era una suave niña
un canto entre los árboles
y de repente me amarran
a esta soga de angustias,
deseo ser fijada por tu amor
que tu amor me inmovilice.
Dios mío,
yo quiero merecerte.
Soy la madre,
¿entiendes el nudo de agonía
que es una madre?
Acércate,
accedo a ser la fuente
de tu orfandad penosa.
No sabes cómo es ser niño
y reposar del tedio celestial
de los hombres buscándote
miserablemente

en sus plegarias,
orando en sus castillos
de inmundicia.

Líbrame Dios del organillero,
de los ojos oblicuos
de Madame Chauchat,
de la piedad que la montaña
ejerce sobre los espíritus.
Que mis pulmones transidos
sobre la chaise-longue me apresuren
hacia tu providencia.
Es hora de que enmudezcas este tarareo.
Yo soy un ser hecho de coágulos y niebla,
pero eso ya lo sabes.
Yo soy un no, un nada, un ninguno,
un cordero entre otros corderos temblorosos.

II
(Sobre la castidad de la escritura)

Distorsiones del shamisen

ME ABURREN LOS PROTOCOLOS DE RECIBIMIENTO
las ceremonias los trastornos del asesino
el forcejeo de los guapos
casadas y solteras putas y monjas
diestros e izquierdos
la paz y la guerra me fastidian
como hermanas gemelas
a quienes solo puedes distinguir
por un lunar recóndito.
Cristo y el César me parecen
extremos repugnantes
me irrita la composición del poema
puntos y comas
palabras y sintagmas.
Haberme acostumbrado a los asesinatos
habituarme a las flagelaciones
los parricidios caseros
las frases hechas y deshechas.
Me importunan los conciliábulos
las invenciones de la ciencia
nuestros cacareados logros.
Conseguimos desembarcar en la Luna y Marte

pero nos angustia la idea
de que el paquete navideño se retrase
o no alcanzar la luz verde en el semáforo.
Me obstinan las cronologías los relojes de arena
los filmes de directores mórbidos
(Ichi The Killer)
las bailarinas exóticas
(la alcancía de sus senos abiertos)
el sexo en grupo
tríos septetos y otros formatos
santurrones y pervertidos.
Definitivamente me fastidian las palabras
la inconsecuencia del lenguaje
la inconsecuencia del poema
su rapsodia de mulo en el abismo.

SODOMIZAR A LA POESÍA
llenarla de contusiones
marcar sus pechos
que no pueda yacer con otros
sin avergonzarse
agujerearla con los instrumentos
que la concibo
erradicar sus pezones
como si fuesen tumores malignos
hacerla abortar el poema
ese feto malformado al que insistimos
en conferirle nuestra paternidad.
Sodomizar a la poesía
estropearle el festín a los débiles
que intenten encordar su tenaz arco.

Mancho la página
te acaricio con mi mano siniestra
te perturbo con mi garfio de pirata.
La suciedad es mi estado primigenio
depongo en la blancura irreprochable,
escarbo tu vulva estancada,
la remuevo como se despereza
la hojita de moriviví.
Te acaricio con mi mano siniestra
tratando de amarte con la diestra,
igual que Dios intenta escribir derecho
en renglones torcidos.

Tiene que haber algo fuera del poema
incluso fuera del hombre o la mujer
tiene que haber algo más allá
algún punto de fuga.
El examen ha terminado y descubrimos
que todo era un juego
un maldito juego de niños que dan vueltas
en torno a la gallina vendada.

Escribo con mi sexo
no hay ideas
solo erecciones en medio de la página
el performance de mi sexo hambriento
ansiando desflorar todos los hímenes.

EL SHAMISEN SE DISTORSIONA Y PRODUCE ALGO MÁS ALLÁ
de la música que sus cuerdas ejecutan
el shamisen puede distorsionarse en ukelele
guitarra eléctrica poseída por un demonio del rock
el shamisen es erótico
pero también instrumento de agudeza oriental.
El shamisen se distorsiona y en su retorcimiento
hay un arco radioso que no podemos comprender.

Radiactividad exposición metástasis
locura orgasmo lucidez
oriente y occidente distorsionados
por una misma melodía
apareándose antes del colapso final.

BECERROS QUE FABRICAMOS PARA ADORAR
distorsiones en las blasfemias de Lot
distorsiones en la pedrada de Caín
en el cayado del pastorcillo Abel
distorsión del semen
que no escala las trompas inflamadas
distorsión genésica de Dios cohibiendo
la semilla del carpintero.

LOS HARAPIENTOS SE ACUCLILLAN
frente a la iglesia
mientras los clérigos elevan sus plegarias.
Jardineros de la muerte
intercediendo porque no falte mugre al mundo
royendo el saco de nuestra indigencia.
Sacerdotes y políticos
harineros del mismo costal
instándonos a creer
que la levadura del bien
está en sus manos.

Leer poesía a los viejos resulta una cosa deplorable
como abrir antes de hora sus testamentos
adelantar el certificado de defunción.
Una vez leí en un asilo
tuve la fatal ocurrencia de pronunciar
versos ardorosos para esos cuerpos indiferentes
sintagmas de un erotismo crudo
que recordaban a los ancianos su incapacidad.
La poesía sirve para mostrarnos
que somos unos pobres discapacitados
con la poesía uno siempre es el huésped venido a menos
el que entró sin invitación al extraño jolgorio.

EN VEZ DE SELLAR EL PAQUETE DE MI DOLOR
grabarle las inscripciones Secreto de Estado
Documento Sensible
lo exhibí en las ferias
como un animal maravilloso
un elefante de dos trompas
subasté mi dolor frente al populacho
excitado por acariciar su lomo
y arrojarle migajas desde lejos.

No reconozcas la paternidad de tus versos
que sean hijos bastardos que no heredarán reino alguno.
Ahuyenta todo rastro de ti
huye tembloroso ciervo de la poesía
a quien las palabras han salido a cazar.

Nuestra poesía se ha vuelto docta
catedrática rezongona como una puta
a quien vejamos y vejamos para más y más gozo.
Los peleles meten sus manos en las bragas de la poesía
los políticos la tientan con prebendas y distinciones.
Nuestras letras han perdido convicción
quizás Lezama fuese el último insurrecto
ese gordo pervertido lector de Góngora y Pascal
atrincherado entre las cenizas de Pompeya.
Los guerreros de antaño recogieron sus jolongos.
Todo se ha pervertido en amagos de contienda
escaramuzas cínicas de un lado y otro
con pausas interminables para honrar a los muertos.
Algunos tartamudean en la manigua
sus peticiones de a degüello
tratando de adoctrinar las cabezas del enemigo
en lugar de cercenarlas de un machetazo.

Placebos

Facebook es una droga
opio de la modernidad
o la posmodernidad
todos estamos conectados
fumando en la gran pipa
la pipa de la paz de Facebook.
Facebook es liberador
mi amiga sube fotos
de sus pechos
le envío frases obscenas
tengo un almacén
de frases sicalípticas
soy la enciclopedia nipona
de la depravación.
Mediante un clic
gemimos al unísono
ella puede fingir
que tiene orgasmos múltiples
tecleo alucinado que sus senos están tersos
como dulces racimos de silicona
mi amiga emite un grito
por el ciberespacio

impeliéndome a que me acerque
y chupe ese racimo primoroso
que ubica ante mis ojos.

Sexung Galaxy

Me pregunto si se llamará celular
porque a la gente le importa más
que sus propias células
celular también significa citológico
a lo mejor tu teléfono es capaz
de hacerte la prueba citológica
tal vez descubras la manera de excitarte
con un aparato tan avanzado
tienes toda la galaxia encerrada en ese artefacto
tu Samsung es una especie de telescopio
a través de él puedes ver cien puestas de sol
artificialmente bellas.
Con tu Samsung Galaxy
qué importa que te hable de las estrellas
esos puntos desvanecidos hace miles de años
románticas chocheando en el firmamento
qué te importa la esclerosis de las estrellas
si tienes la esclerosis en las aplicaciones de tu celular
ojalá que con tu Samsung Galaxy
también consigas un orgasmo múltiple.

EXHIBICIONISTAS

Me gusta mirar los ojos de Verónica
dilatados de placer
regodeándose en la cabeza de mi miembro.
Puede que ni se llame Verónica
que no sea una mujer siquiera
sino una criatura indefinible
detrás del perfil de esa chica nocturna
apretada en ligueros de dominatrix
enviándome nudes
escamoteados a un perfil de Only Fans
para prolongar la ceguera de mi excitación.

Distorsiones

Mi amante tiene orejas eléctricas
uno muerde el cartílago y percibe las vibraciones.
La verdadera desnudez de mi amante está en sus orejas
para dejarla absolutamente en cueros
basta quitarle los aretes
ella sube ambas manos a los cartílagos
como si llevara las palmas a los senos
cubriéndose el pezón.
El hoyuelo en sus cartílagos es un orificio sexual
mi amante se acalambra
como si la asediaran por el esfínter.
Siente vértigos
latidos en la vulva cercanos al latigazo.
Mi amante tiene orejas magnéticas
y le grito cochinadas
palabrotas para hacerla trepidar
su placer está oculto como una botija bajo tierra
veta oscura y profunda.
Mi amante tiene orgasmos musicales
por ello hay que susurrarle églogas y endechas
como hacían los antiguos rapsodas.

Huella de olor

En tres manzanas a la redonda
todavía percibo tu olor
tu olor mordiéndome como si fuera perro
como si fuera caníbal
un aroma como de niño prematuro
envuelto en su cochambre placentaria.

QUE ME DISPARES A QUEMARROPA
que yo bese tu muerte y tú la mía
como si fuésemos aquellos desatinados
que persistieron amándose
trenzados bajo el toldo de cenizas
de un cataclismo inmemorial.
Hiéreme penétrame desuéllame
que el potro de tu amor me rasgue.
Me niego a existir bajo las sombras
bajo los manteles
desmenuzándome en migajas.
No quiero usar ningún chaleco
ninguna camisa de fuerza.
Ya me verás llegar un día decapitado
torso de vinilo que simula
la frágil intensidad de lo humano
para que sigas disparando
en mis muñones ensangrentados
saqueándole a mi corazón menesteroso
sus últimos sintagmas.

ME GUSTAN LOS DETALLES MORBOSOS
la suciedad de tus partes venerandas
regurgito en ti
mi vómito ardiente fluye en tus entrañas
su viscosidad te recorre.
Siento asco del mundo y esa náusea
la devuelvo sobre tus mejillas rosadas
el sarro de mis dientes amarillea tus pechos
por el piquete de tu sexo ruedan
todas mis deudas
todas mis monedas oxidadas.

Distorsiones ii

Adán no tuvo infancia
nació viejo
corrompido prematuramente.
¿Por qué asociarlo al Génesis?
Más que el principio
marca el fin de los tiempos.

Adán fue el primer yerro
si Dios lo hubiese creado niño
en vez de la culpa eterna
habríamos heredado la inocencia.

Distorsiones iii

Hembra y varón resolvieron morder el fruto del conocimiento porque Dios los había hecho jugar a ciegas en el paraíso. Nunca existió serpiente alguna. Dios ha estado distrayéndose con nosotros desde el principio, luego nos ofreció al cordero para enmendar los yerros que achaca a la humanidad. Más que lavar nuestros pecados la crucifixión nos convierte en asesinos hasta el fin de los tiempos. Ahora desconocemos qué nuevo laberinto nos espera, ni Dios mismo sabe cuál subterfugio inventarse para aliviar nuestra orfandad.

Leonardo da Vinci fue el primero en dibujar la glándula tiroidea. En realidad dibujó dos glándulas. En la época solo permitían examinar cadáveres de ahorcados. La glándula tiroidea se mostraba dividida por la asfixia. Aquí tenemos el secreto a voces del arte moderno. Temblor mecánico, espasmo de vibrador eléctrico, glándula tiroidea de ahorcado diseccionada y expuesta. El error de Leonardo se ha convertido en nuestro ideal de representación.

Distorsiones v

He sostenido trueques lascivos con mujeres ajadas, ejemplares defectuosos en los que casi ningún hombre se fijaría. Siempre encuentro algún reducto de placer en ellas. Tal vez por mi crianza entre seres atormentados (podría tratarse de alguna obsesión, una manía que no logro esclarecer). Recuerdo que mi abuela me hacía chupar sus tetas baldías, sus pezones de sabor herrumbroso. Probablemente busque ese regusto a metal oxidado en las mujeres que frecuento. Hembras de carne apergaminada y miradas rencorosas. Suelo acariciarlas con la perplejidad y el deleite de quien palpa legajos que contienen los detalles de algún linchamiento. Historias que ya no pueden ocasionarnos pavor porque la mano que escribió y la mano que fue cortada, ambas reposan bajo tierra.

Distorsiones vi

La muerte no tiene potestad, es apenas una emisaria, una de esas estampadoras de correo que parlotea por teléfono mientras tramita un bulto requerido con urgencia. Transitoria es la muerte, como todo lo que fluye y se desplaza de una estación a otra. También yo, vuestro Dios, llamado en otras lecturas omnipotente, me olvido en ocasiones de mí mismo. Olvido el número exacto de estrellas y meteoros, los puntos luminosos que la muerte alcanza, la muerte tumultuosa de los cielos, la muerte alud, nevada, la avalancha que ha de borrar el mundo. Igual que los instrumentos se aquietan para dar entrada al solo de violín, así se aplacan los humanos mientras los cubro dulcemente. Algunos me perciben como un enjambre encima de sus pensamientos. Marcel Proust imaginó que floté hasta su habitación asordinada. Se recubrió para clausurar los sonidos del mundo y crear un monolito de palabras, una gran estatua donde las palabras alcanzaran su mayor jerarquía. Algunas notas tienen que morir para que prevalezca el instrumento solitario. Soy la guadaña, no tengo boca ni dientes, solo esta curvatura amenazante que aparece en las litografías, filosa, puntiaguda. La muerte y Dios son uno mismo. La muerte y

Dios nunca separan. Ninguno trilla por granos fecundos o ulcerados, no importa que seamos las tribus que se asientan a orillas de la ribera o las hordas de nómadas tarjados.

UNA VIEJA PARÁBOLA

Me creí listo para el amor que rompe murallas
tenía fuerza en la melena
posé mis labios sobre otros labios
como toman alcohol los principiantes
pensé salir borracho y salí herido
con una sensación de invalidez
como el peleador invicto que de repente
enfrenta la brutalidad del nocaut
su cerebro desconectado sobre la lona
incapaz de reaccionar ante la multitud
que celebra o abuchea.
Debía ser amor
pero fueron doce asaltos interminables
sin posibilidad de revancha.
Quiero olvidar la serie el número
la vuelta de otras manos tratando de encontrarme.
Uno se alista con inocencia
para las escaramuzas del amor
cree que puede tornar airoso de la contienda
que regresará con el corazón intacto
y lo hace despedazado y hosco
retenido para siempre en el cuadrilátero de la infancia.

Génesis

Descendimos de la hembra
insaciable y solitaria en el paraíso
ansiosa de copular con las fieras.
Dios tiene que ser mujer
una tabernera de pechos rotundos
no hay blasfemia alguna en ello
todo es alabanza, alabanza a la diosa hembra
que ávida del amor terrenal nos insufló su aliento
para asfixiarnos luego entre sus muslos.

BABEL

Escribo gritos chillidos de fiebre, aullidos de un placer entrecortado, placer trunco que no puede alcanzar el éxtasis, a punto de rozarlo me detengo. La culpa me persigue, es muy extraño mi sentido del pecado, similar a una bestia que hociquea entre las patas de su madre. Animal tembloroso a quien las manos de Edipo arrojan pedazos de carroña. Soy el ángel que trata de remontar vuelo, pero se queda chapoteando en la inmundicia. La belleza me obliga a proferir palabras roñosas. Escarbo en el lenguaje como el condenado que araña las irrevocables paredes de su mazmorra.

SER

respirar movernos con luz propia
como esas animitas de cocuyo
que encerrábamos en la infancia
una veintena de ánimas atrapadas en la cocuyera
iluminaba el portal de nuestra casa
los cocuyos trascendieron
a la categoría de seres mitológicos
abuelo decía que allí estaba encerrada
la luz de nuestros muertos
mochos de vela para que sus almas
no erraran el camino del cielo
mochos de vela para que mis poemas
no yerren su camino.
Los poemas que escribimos son las almas
de seres amados que cada tanto regresan.
La misma sensación experimentábamos al alba
cuando por fin liberábamos sus animitas
(así con nuestros poemas
de nada vale que recemos por ellos)
ánimas solas que debían cruzar por sí mismas
hacia el otro hemisferio.

Distorsiones VII

Creo comandar
pero soy un experimento de la poesía
conejillo verbal
la poesía me inyecta sus estupefacientes
no podré resistir esta sobredosis
aguantar los filones de luz
de otros universos y seres distantes.
La poesía no me ha preparado
para operación tan riesgosa
ya intenté separarme
pero somos siameses
que comparten el mismo hinchado cerebro.
Probablemente la poesía pretenda replicarme
hacia una especie mutante
una otredad sobre la cual se ha especulado
en demasía.
Quizás no seamos otra cosa
que aberraciones del lenguaje
fetos de una lengua
que ignora cómo nombrar la belleza
sin corromperla.

DE LA ANTIPOESÍA

Esa incandescencia que nombras pechos
son las sílabas de un nuevo lenguaje
y también mi palabra más gastada.
En este libro se esparcen por doquier
surcan cada página.
Así estoy escrito,
con el trigo maduro de tus pechos
con su temblor en la palma de mi mano.

Una vasija sin alfarero

El universo con nuestro sol caduca, leí en alguna parte, y si no conseguimos colonizar Saturno o encontrar vida en Marte ¿estaremos perdidos en alguna especie de reducto subterráneo? Quiero decir algo vomitivamente sentimental y besarte hasta el asco, hasta trenzar nuestras lenguas en una sola masa gelatinosa, mi sexo con el tuyo de manera que no sepamos qué genitales pertenecen al otro, si en realidad te he penetrado o me penetras, penétrame, distorsióname, conviérteme en algo más que la hembra o el varón que palpitan en el vórtice de tu cintura.

Murciélagos

Hacemos el amor para que llueva, para que llueva mientras hacemos el amor, ya no queda ninguna virgen en la cueva, froto el amor, pedernal dentro de tu cueva plagada de murciélagos, cabeza abajo duermen, mi sexo es también como un murciélago que duerme cabeza abajo, mitad pájaro, mitad reptil, se arrastra y vuela.

Hacemos el amor para que llueva, para que llueva, pero ya no hay vírgenes en ninguna cueva, solo murciélagos colgados.

Otra canción en tono neorromántico

Comparas los poemas que escribí para ellas
con los poemas que para ti escribo
mides una y otras caricias por la fuerza
o tersura del lenguaje.
Me aprieto contra tu carne igual que mis palabras
se aprietan en el poema ansiando pulverizarlo.
Te inquietan los pechos de esas mujeres
que he poseído
mientras escribo también pienso
en esos pechos de tabernera
comparándolos con los tuyos raquíticos
sus pezones sobre los cuales el cuervo hace su nido
inexorablemente abatidos por la gravedad.
Luego pienso en el poema que me niego a escribirte
y sin duda mereces
el poema de amor imposible
al que la estatua derruida de tus pechos ha frustrado.
Solo alcanzo a garabatear estas palabras.
Mi ideal de tus pechos ha sido cristianizado
las imágenes que uso para recordarte te adulteran
creándote te destruyo.
Hubieses preferido un poema

que corriera por la página en blanco
como mis labios se deslizan sobre tu piel
empeñados en el absurdo delirio de sobrescribirla.

Sobre el lenguaje

Miles de palabras entran en ti buscando la escala de tu ser
sílabas de un lenguaje que se devora,
nuestros sexos son idiomas que se devoran
lenguas muertas que juntas resucitan.

Del sueño americano

Huir hacia tus pechos huir de la locura
de la angustia de mi infancia feroz
huir hacia tus prendas interiores
hacia tu aroma colgado en los percheros
asilarme en tu amor
exiliarme entre tus piernas prodigiosas
emigrar no al sueño americano sino a ti
escaparme en tus manos de este mundo ruinoso
hacia donde giren tus pechos remaré
hacia la ruta que indique
la aguja de tus pechos en mi lengua
el surco de olas que tu sexo cava en mí
huir y no mirar atrás
al viento azufrado de Sodoma
huir no hacia la tierra prometida
sino a ti.

GLUTEN

Acariciarle a la mujer su incendiada flor
ese botón despierto al menor roce
abierto y cerrado a un tiempo
cerradura que accede a las estrellas
el hombre no es puerta de nada
empieza y culmina en sí mismo
voltea su llave en el vacío
solo ella puede aplacar nuestra vacuidad
nuestra herida cerrada en falso
sin el hondo desgarrón de la hembra.

JOVEN CONTORSIONISTA

Las mujeres se introducen geishas
bolitas chinas en el cuerpo
semillas erógenas para dinamitar el placer
un campo minado de excitación
al penetrar el músculo la carga explota
los fragmentos se incrustan en la campanilla
campana temblorosa a cuyo toque
nos congregamos
manada de carroñeros hambrientos
las mujeres se introducen geishas
descargas lésbicas para dinamitarse
excluyéndonos de su apoteosis.

OBSCENA

Oxana, obscena, mujer de pechos medievales
tabernera
devuélveme la espuma de tus labios.

Fibrilando

Enfermo arrebujado bajo mantas fibrilando febril
sístoles y diástoles inconexas
enfermedad del alma
agudizando enfermedad de la carne
en mi delirio tus manos sanguijuelas
me abren aliviaderos
tribus bárbaras ostentan en sus abalorios
las orejas cercenadas al enemigo
a través de su latir oigo el vagido del mar
oigo huelo veo el mar toco las olas
palpándolas como se palpa a un vientre grávido
el mar preñado con todas sus criaturas
el oleaje forma con su espuma tus pezones
las olas son pezones que ascienden
por mi pecho afiebrado.

Territorio

Quiero arruinarte para que otros
te encuentren nauseabunda
marcarte con mi orina y mi esperma
para que ellos sientan asco de ti.

Usar y abusar de tu belleza
convertirla en eso que llaman materia de canto
arrugarla bajo las sábanas
estrujar tus pezones
con ebriedad de palabras desbocadas
morderte la belleza
sacarle las bilis
sentarla en mis rodillas.
Provocarle el síndrome que las raptadas
experimentan por sus captores
o el repulsivo placer que atraviesa sus cuerpos
al descubrirse excitadas por las cicatrices del violador.

Encelar

Practicamos algunos juegos sádicos
yo soy siempre el viejo marqués.
Qué panorama el de tu quilla,
¿cuántos corsarios
la habrán remontado
embarcándose mientras el viento
castiga tu velamen?
¿Cuántos navegantes se habrán perdido
en tu proa majestuosa
cuando surcaban la plenitud de tus aguas?
Mi furia se acrecienta
embisto más por la popa
removiéndome
buscando algas en la oscuridad.
Así me hundo en ti, como un ancla
que golpea el legamoso fondo.
Comienzo a desmantelar tu arboladura
y vuelvo a los escondrijos de estribor
vuelvo a tu helecho húmedo
como el ahogado que desciende con los ojos abiertos.

Vacío

Para escribir un poema de amor debes vaciarte
de todos los poemas de amor que conoces,
vaciar al propio amor.
Liberarse los amantes de su cáscara
de hembra y macho.
No existe ni hombre ni mujer.
No existen sexos en el amor.
La vagina se convierte en glande
y el glande en vagina
no se sabe en realidad quién entra en quién,
es el amor quien penetrando se penetra
materia que se aniquila en su antimateria
estrella compacta que no puede escapar
de su agujero negro.

Parches

Tu sexo es lo único que vale la pena
en este mundo lleno de parches,
trato de entrar con sigilo
como quien atraviesa un campo minado.
No importan el arrojo y las victorias
de mis precursores
mi boca planta su estandarte
como si levantara un fortín en territorios vírgenes.
Tu sexo es el ojo emparchado de un pirata,
el mapa del pirata, tu sexo y el mío son un mapa,
cada uno tiene la otra mitad,
solo al emparejarlos podremos encontrar
el Santo Grial, la fuente de la juventud
o el tesoro de los vikingos.
Peligrosos y adictivos como el tacto de Midas
todo lo convierten en oro nuestros sexos en coyunda.

Talita cumi

Semidormido, semivivo, saboreando la vida recién hecha
caliente aún entre tu cordón y el cordón de la amada
aprendiendo a reestrenar cada sentido.
Es tu segunda venida
pero no llegas enfermizo y hastiado.
Cristo no te ha tocado
es el amor quien pronuncia su talita cumi,
te levantas de la muerte y comienzas a andar.

EL SEXO ME ESCUECE
brotes de muchachas turgentes
en la flor de su edad, todo me aviva
el grabado de la virgen amamantando al niño Jesús
los ojos de una chica que conocí en un pueblo del sur
un refajo de tela azul marcando la línea de sus hombros.

Vivo ansioso de entrar en todos los nichos
removiéndome en la búsqueda desesperada
delirante, encerrado en la oscuridad
esperando que mi rabia segregue.

La flauta del solitario

HAY MUERTE Y PUDRICIÓN
vida y florecimiento
vida en la muerte
en la pudrición florecimiento.

Acupunturas

Alguien dijo, existe un tejido central en tus versos, una idea obsesiva laborada febrilmente, con puntillismo, como esos artistas que hacen finas acupunturas en la piel del grabado. Me gustaría entender realmente cómo escribo. Cómo logro nombrar sin que me asfixien las palabras. Imagino que llegarán encapuchadas para sofocarme. Ella también quería oprimirse contra mí, como las envolturas donde los antiguos momificaban sus cadáveres. Estoy escribiendo un libro de poesía, quizás haga un silencio grande luego de su escritura, un silencio ancho y hermoso, en el cual no haya esta urgencia de renombrarlo todo. Deseo una soledad mía, no compartida ni con la soledad misma, que cuando suceda tenga el poder de anularme. Estoy escribiendo un libro extraño, no por original, todo lo rayaron en sus cavernas nuestros precursores. Lo auténtico es la entrega, que me desnudo siempre, que me desenvuelvo ante los ojos atónitos del auditorio.

Palimpsesto

Toda escritura es palimpsesto
todo acto de amor
todo asesinato es reescritura
la muerte es intertextual
la muerte que tanto me obsede es palimpsesto.

Disección de la poesía

La poesía no está en ninguna parte
quién dijo que sea lírico el canto de las aves
quién hizo creer el artificio
de que las flores son poéticas.
Las rosas son niñas profanadas
niñas violadas pétalo por pétalo.
Quién nos engañó hablando de la belleza trascendente.
Podrías leer un poema de Li Tai Po
donde se hablara de cigarras y de estanques de loto
de un cuerpo similar
a la nota de los bambúes en el viento.
Podrías leer un poema de esta índole
pensando en que ayer violaron a una niña
y su cuerpecito tumefacto
daba un tinte violáceo a las corrientes.
Maldito Li Tai Po y la serenidad de su mundo
malditos los poemas que hablan de cigarras
de un cuerpo que puede equipararse
al canto delicado de las flautas.

Enjambres

Enjambres de palabras como avispas,
enjambres de palabras como migraciones
para hacer que el dolor se desplace,
las trayectorias del dolor,
el escurrimiento en nuestras muelas,
las señales diminutas de la muerte,
los ahorcamientos cotidianos, las asfixias,
las eutanasias de la mente y del cuerpo.
Enjambres de palabras taladrando mi lengua.
El enjambre fluyendo del vientre de mi padre
al vientre de mi madre,
el himen del varón en el líquido preseminal,
el poeta amamantando sus palabras,
malcriándolas como a niñas traviesas,
siempre arrimándose a la eternidad,
sastre que raras veces consigue
hilar un traje a la medida de sus emociones.

ORFANDAD

Las palabras tienen frío,
se agachan temblorosas
como si el papel fuera maleza
y mi agonía la del ciervo herido,
como si sospecharan
la doble irrealidad que soy sin ellas,
como si más que signos
fuesen órganos vivientes.

DEBAJO DE ESTE POEMA HAY OTRO POEMA
que insisto en negar
el paso meridiano de las lindes a las lindes
debajo de este palimpsesto hay otros palimpsestos
la corteza de este poema brilla con la misma refulgencia
del cuerno que penetra a la virgen que vamos a violar
las palabras se estremecen
como vírgenes que vamos a violar
debajo de este poema fluye un torrente que inunda
el útero de un poema más antiguo
y en la crecida se confunden
y nunca sabremos con exactitud
lo que se oculta al fondo
de tanta deformidad reblandecida.

LA ESCRITURA ES UN GRAN PUDRIDERO
escribimos por fermentación
los poemas se pudren dentro de nosotros
como gasas que el cirujano
ha olvidado en nuestras entrañas
también amamos por fermento
rompemos la hiel de las palabras
tragándonos ese purgante a la fuerza.
Nadie te va a advertir
pero desde que arribamos ya somos el resto
de algo incompleto
los insectos puestos a girar en la órbita llagada
del foco que alumbra cualquier esquina miserable.

Infancia de la poesía

Hasta la poesía se ha vuelto cotidiana,
en mi infancia era una pequeña
jugando a la gallina ciega con los ojos vendados.
Los niños nos agazapábamos.
Yo era diestro ocultándome
pero la poesía me hallaba siempre.
La palabra yerba era realmente buena para camuflarse
la poesía contaba hasta cien y yo iba a esconderme
bajo las colchas alumbradas por los faroles de la abuela
mi abuela también se ha ido camuflando
bajo el almidón gastado de sus huesos.
Yo me ocultaba y la poesía tenía los ojos
como los de una niña
antes de que la estrella fugaz se suicidara
tanto los apretaba que sentía mis párpados cerrarse
así de unidos estábamos en aquel goce
por esa época del pecho le afloraban
dos brotes recién nacidos como los de mis primas.
Ahora la poesía parece una madre que ha dado de lactar.
Era una gracia esconderme bajo la lluvia y sentir
que sus gotas me picaban como avispas dulces

el cielo era un panal enorme
y Dios un abejorro o un zángano
y las estrellas y los cometas laboraban bajo su égida.
O tal vez cuando niño
no había nada que se llamase Dios,
ni siquiera algo que se llamase niño,
ningún nombre delataba nuestra mansa presencia.
La poesía y yo existíamos sin conocernos ni nombrarnos
y nos conocíamos y nombrábamos sin palabras ni signos.
La poesía era una niña ciega,
ella iba por la orilla del río y yo la tomaba de las manos.

De poetas y de césares

La poesía no necesita beneficencias
o caridad alguna
al poeta lo que es del poeta
al César lo que del César sea.

He sacrificado mi vida
por un manojo de palabras
y sin embargo mi vida no está en ellas
no comparece mi dolor verdadero
en mis poemas está solo la carnada
esa que los estudiosos llaman sujeto lírico
el cebo con que mi soledad
sale todas las noches a cazar otra soledad.
No me busques en estas palabras
que musito entre dientes
como esos pordioseros
que ponen cualquier rostro
para obtener una limosna.

HE PENSADO QUE SI TUVIERAN
el cuello de un cervatillo
podría estrangularlas.
Si las palabras fuesen víctimas
podría ofrecerlas como hecatombes a los dioses,
libaciones para mi sediento corazón.

ESCRIBIR PARA EMBALSAMAR LA SENSACIÓN
del sexo languideciendo en las mañanas
mientras la orina forma pequeños lagos en la tierra
(que tu corazón vuelva a ser muralla).
Imaginar que eres un dios de barro, un dios minúsculo
y rasgarlo así en caracteres diminutos.
Escribir para nada, por nada, por nadie
para no sanar cosa alguna sobre la fementida tierra
para llenarse la boca de polvo gris
del aire blanco de los cementerios
de los pétalos gangrenados por la muerte.
Escribir para no amar a ser alguno
no encerrar en la imagen de una rosa el corazón de nadie,
que tus palabras sean mordidas y asaeteados tus versos.
Quién pudiera alejarse y contemplar como el farero
las olas irritadas.
Quién pudiera ser Dios y en su omnisciencia
oír por dónde nace el trueno.
Dónde está Él de veras, el sitio exacto,
tener localizada la nube
en que se asienta con su rebaño de ángeles
y saber en qué punto
la muerte se amortaja con sus viejas raposas.

Escribir para ser bueno en todo
y estar a salvo y resguardar al prójimo.
Me gustaría entender cómo nacieron las estrellas
cómo se llama la madre de Orión
y las madres de esas estrellas que parecen rejas o arados
o pecas sobre el rostro de la muchacha negra.

Escribir para entender que la muerte es fecunda
y que pare y concibe de Dios mismo
(que no haya en el alma otra oración
que las lunas de nuestros ojos eclipsados rotundamente)
para saber que desgastamos el tiempo
afirmando nuestras urgencias vanas.

SIEMPRE ME HE SENTIDO CASTRADO
mi relación con las palabras
equivale a la de un eunuco
con las damas del rey.

Aromas

He visto cómo algunas mujeres se registran
y aspiran hasta que su propio olor las mortifica.
Escribir es también buscar un aroma
entre la obscenidad de aromas y retenerlo.

Incesto

He cometido actos impuros por orden de mis manos, desearía arrancarlas, arrancarme los sentidos para no ver más la suciedad del mundo. La poesía es un incesto que solo necesitamos en nuestra existencia mortal, cuando abandonemos este traje con la misma suavidad que la mariposa al gusano de seda, colgaremos el traje de la poesía en un rincón, sobre el respaldo de una vieja butaca.

Tra la la

Me levanto con los gallos a trastear el lenguaje como ellos escarban con sus picos el basural. Mi mente es un pico afilado afiebrado, escarbo y escarbo con la determinación de un gallo fino, pero en el basural solo quedan granos y palabras ulceradas (pese a todo hay vida e inspiración). Tra la la tra empieza a clarear y penetro en el cuerpo de mi hembra ingreso en ella como el desquiciado tra la la que da vueltas en el patio de un sanatorio. Me asfixio entre el nudo de sus piernas para tomar aire embisto con mi pico afilado los granos de su cuerpo. Tra la tra gallo escarbador tu valla es el lenguaje tu ruedo es el lenguaje cresta contraria vena a desangrar.

El mito

La hiena está emparentada con los poetas.
El poeta está emparentado
con todo lo que ha pretendido negar.
Es mentira lo que aseguran los falsos poetas:
nuestra voz no es canto de quetzal,
basta de ligarnos con la inmortalidad.
No hay trascendencia alguna en las palabras.
Donde los poetas orinan sus cánticos
solo hay podredumbre.

Siento náuseas de mí

náuseas de estar siempre tan grávido
atraído por fuerzas de agonía.
Basta de creer que este germen cansado
vaya a fraguar en algo digno,
imaginar que haya heroicidad alguna
dentro de mi sangre.

ESTOY CANSADO DE ESCARBAR
de verme los gusanos
ver la tierra acopiando en mis entrañas
montículos oscuros
montoncitos de muerte.
Pienso que debiera extirparme del poema
olvidar aquella primerísima persona del dolor
no escribir otro verso necrológico.
Estoy cansado de la muerte
muerte por todas partes
cansado de Dios de su omnisciencia
de esa vieja alimaña que conoce cada secreto nuestro.
Me hastía la comunión, el sentido amargo de la culpa,
los perdones y avemarías infinitos.
Hastiado del santo que me ofrecen
del pálpito en las oraciones de las vírgenes
de la simiente de Judas ramificada en el sagrario
de los hijos refocilándose en negros hervideros.
Harto de la tierra
de sus terrones oscureciendo mi garganta
de la palabra que cada noche murmura en mis oídos.

Un poema homólogo a la sensación
de quienes se arrodillan delante del sagrario.
Un poema donde no exista violación alguna.
Escribir como si estuvieras barriendo
las hojas de un parque imaginario.
Escribir y no pensar en los versos de mañana.
No pensar en palabras reinas o plebeyas,
imaginar que cada una vale un imperio.
Pensar que estás besando
que posees el cuerpo deseado
que cercenas el pellejo de la carne de algún animal
que llevarás pronto a la mesa.
Escribir y ver nuevamente a la tía muerta
con el pelo transido de amapolas.
O no escribir
no determinarte a rasgar tu vida sobre la hoja blanca
no manchar algo virgen enumerando tus ardores.

LAS PALABRAS SE ATASCAN
tengo en la garganta como un sistema
de rodillos oxidados y poleas crujientes.

El enjambre de voces
la colmena podrida dentro del pecho
me hace desocuparme de la forma
y escribir con aspereza.

SENTIR AL POEMA AGONIZAR
acomodarme en su cabecera
como al regazo de su madre
el niño hidrocefálico.

De los sinónimos

Poesía sinónimo de fatiga
fatiga de cansancio y cansancio de hastío.
Poeta sinónimo de ayunador.
(Ayunar hasta que la muerte se apiade de nosotros).
Poeta es sinónimo de la piedad
con que todos contemplan
o fingen contemplar al inválido.
Poeta es sinónimo de la fe repugnante
que los hombres guardan en algo más allá de sí mismos
algo que se llame por ejemplo Dios.
Dios tiene un sótano lleno de plagas
y le va rotundamente bien.
Yo no poseo siquiera un dolor para mí solo,
quiero aislarme de la manada,
alejar mi dolor al cementerio
donde reposaremos como elefantes viejos.

De las frases hechas

Cada hora te preferimos menos,
cortesana a quien antaño
convidaban a danzar en la mesa de los reyes
y ahora escancia el vino y rebosa las cráteras.
Si lo recuerdo bien tu vida era un festín
y los poetas libaban a tu dicha
ofreciendo sus propios corazones para la hecatombe.
Ahora los poetas te hacen el dolor.
Nadie deshoja pétalos a tu nombre incierto
nadie te escribe Oh ancianita
los poetas tenemos el corazón lleno de frases hechas.

Palabras de uso

Las palabras se congelan mientras intento nombrar algo, parece que hubiesen regresado a su infancia y gatearan temblorosas. Son palabras de uso. Me gustaría poseer el aroma de la mañana en que nos besamos. Agito mi carne hasta los espasmos, agito mi cuerpo mientras te recuerdo. Me froto como una lámpara sucia y no encuentro brillo alguno bajo la superficie. Percibo como mi semilla se esfuma entre las losas. Tal vez estoy destinado a perderme. Escribo como ese mulo que tiene orejeras y por más que lo apaleen decide tomar el atajo, el sendero entrampado, lleno de filamentos. Cazo las palabras en un estanque legamoso. Me gustaría dejarme caer por tu nombre, entrar a sus vocales y que fueran como un nuevo país, un imperio desconocido. Habitar debajo de otro nombre, como la losa donde se cerrarán al fin mis escrituras.

La luna

Encuentro belleza en imaginarla artrítica y delgada
como una geisha que para su señor pulsara el shamisen.

De la posteridad

La posteridad es una meretriz chillona
violada ciegamente por Homero y Tiresias.
Quiso sentarse en las rodillas de Rimbaud,
fue rechazada por amargar al poeta.
Jorge Luis Borges la desfloró entre los tintes ambiguos
que anuncian un crepúsculo abolido de Buenos Aires.
Pessoa fue múltiples amantes y ninguno.
Cómo la posteridad, es decir, la muerte,
podría apaciguar siete existencias de un sablazo.
Cuál de los poetas moriría primero.
Me pregunto si será como un flash
que irradie más allá de nuestros órganos.
Alojamos a la muerte y de pronto ella se encoleriza
huésped al que no brindamos todas las deferencias.
Comprendo que mi sangre va a sellarse
y no entraré a la gloria de las letras.
Nunca he tenido la ecuanimidad precisa
para asistir a la subasta y al remate de versos.
Mis contemporáneos son buenos rematándose.
La posteridad es una puta
que equivoca su lecho muchas veces.

La muerte del hombre común

Aborrezco a los poetas del tipo William Blake
(no creo en la delicadeza de cosechar rosas)
soy un ser más bien hosco
alguien que reniega de la belleza
pero no puede evitar sus dolorosos síntomas.
En la lucidez del último minuto
Ricardo Reis murmuraba
"no tengas nada en las manos
ni una memoria en el alma".
Tiempo después en semejante trance
Caeiro espantaría a los presentes con un lapidario
"váyanse al diablo con sus lamentos de plañideras"
pero sus familiares anotaron "soy el cuidador de rebaños
el rebaño es todos mis pensamientos"
y mientras masticaban pastelillos alrededor del camastro
lo vieron entiesarse como un maniquí.
Murió Fernando Pessoa convencido
de que el poeta es una ramera de colmillos cariados.
Así que ahórrenme sus pendejadas.
No creo en el refinamiento de cultivar flores
cuando la realidad se despelleja por todas partes
sin que logremos impedir que el tiempo

como el agua de los espaguetis
(que he preparado
para el almuerzo de mis heterónimos)
se escurra por el desagüe del fregadero.

Como un viento de otoño

Tengo las manos resecas y me niego a escribirte. Si pudiera de veras traducirme, no plagiar mis propias intenciones. Si una palabra mía pudiera entrar como un viento de otoño por tu nuca. Si bastara enunciar una palabra para que uno pudiera alejarse con la secreta convicción de haberla llenado enteramente de sí mismo. Pronuncio tu nombre, lo presiono una vez y otra contra el carboncillo, ansioso de asfixiarlo. Si pudiera asfixiarse un nombre con la misma concentración salvaje que se ama.

Promesa aérea

No vengan a hablarme del manto lírico
de lo viejitas que están las galaxias
de los achaques y caprichos de Dios.
Repetirme lo azulado y armónico del cielo.
Flauteo, coro de ángeles,
lo bien que uno reposa entre las nubes.
Qué es eso de compararlas con algodonales
de andar cursileando por ahí
que son los féretros del cielo.
Las nubes me parecen vacas gordas, plastas secas.
Qué disparate equiparar los granizos a diamantes.
Qué asociaciones más desatinadas hilvanan los poetas.
Qué desconcierto hablarme de las nubes
como rumiantes preñadas por el pastor del cielo.

VEO A UNA NIÑA ACUCHILLADA
abierta obscenamente.
Cada vez que escribo veo esta imagen
o una imagen análoga.
Escribo con asco
como si las palabras me vomitaran encima.

DOCUMENTALES

Paul Celan sentencia que la muerte es un maestro
que viene de Alemania
la imagino viniendo de todas partes
viniéndose encima de nosotros.
Se parece a esas prácticas extremas
donde los amantes se abrazan hasta la asfixia.
Recuerdo aquel poema de José Watanabe
sobre la cópula opresiva de las mantis
de cómo algunas hembras (nada religiosas)
devoran a sus machos tras el acoplamiento.
La muerte me excita.
Me exalta imaginar cómo divide la geografía
de nuestros cuerpos
cómo escinde el alma de la carne, cirujana exquisita.
Pasan un documental acerca de la manera
en que hablamos nuestro español,
sobre la articulación o expiración de las eses.
La muerte es políglota y nos comprende a todos.

Partituras

Hace algunas noches M me incitó a que la poseyera. Quería que fuésemos a parajes oscuros, que la tuviese entre los arbustos, encima de las raíces, que le abriera un pasadizo con las obscenidades de mi cuerpo. Me ocupé como un miniaturista de cada poro, haciéndola gozar en los sitios más insospechados. A mis labios ascendió la erupción de tu nombre. Consolé a M diciendo que eras un viejo amor ya superado. Le inicié una caricia lenta en los pezones, con el dedo pulgar, rodeándolos con sigilo, como si fueran a escaparse. Me gustaría acariciarte así, sonrojar tus pechos hasta que se encandilaran y toda la sangre confluyera en ellos, que la sensación descienda por tu vientre, como en el baño, cuando el agua resbala produciéndote vértigos. Conseguir esa humedad musical que alcanzan dos cuerpos afinados, como notas de una misma partitura.

IRRIGACIONES

M me contó que anoche sus uñas desgarraron algo. No pudo contenerse y mientras convocaba nuestras irrigaciones se hundió los dedos como si fuesen velitas en su pastel de quince años. Dice M que si tuviera un microscopio examinaría los cuarteados como estocadas diminutas. ¿Qué sentiría cuando sus yemas trazaron circunferencias desesperadas en lo oscuro? Desea saber si al recordarla también me martirizo, pero solo lo hago para manchar su nombre. Pronuncio su nombre e imagino que está debajo con los labios sedientos.

Paisaje de el Bosco

Dice M que hay una mezcla de manantial y lava, que cuando me derramo el calor y el frío se amalgaman para estremecerla. Intenté contener al sádico que se desbordaba en mi interior. Apreté los riñones para no vaciarme. Ella se exasperaba. Quería ser irrigada con urgencia, reposar como un surco después de las lloviznas. Salí de M y entré nuevamente, con lentitud, con esmero de anciano, como un restaurador penetra en la superficie del lienzo desgarrado. No la entendí, pero cuando al fin me vaciaba, murmuró que veía ante sus ojos un paisaje de el Bosco.

Alegoría postmoderna

La poesía padece asma bronquial
y todo siglo quiere cortar su lengua
ponerle fórceps bragas y mordazas.
Conozco a los encapuchados que la detestan
a los "fieles" que la traicionan
a los miserables que la venden
a los proxenetas que intentan violarla
a los solistas que se cuelgan pancartas,
credenciales para certificarse poetas del mundo.
Hay quien dice que la poesía ya no pertenece
a la comarca temblorosa de la emoción
que deben podarse referencias amatorias
el amor es un sobretodo gris dentro del poema
el sudario del muerto.
Quedan proscriptos los cantores líricos
nada de liras apolíneas ni adjetivación grandilocuente.
Se pide que el poeta sea moderno y se aleje a sus torres
que contemple a los hombres como plagas.
Definitivamente somos eso,
la undécima plaga del creador.

SOBRE LA CASTIDAD DE LA ESCRITURA

Algo tiene el papel que santifica mis obscenidades, ofrece cierta castidad a los escritos más impuros. Soy sucio, infinitamente sucio, por eso hago tanto alboroto con la pureza. Nadie canta con tanta pureza como los que están en el infierno más profundo. Tuve deseos de irrespetarte, de rasgar tus vestidos y poseer tu fiebre, manchar tu cuerpo como si fueses el peldaño de una vieja escalera, barnizarte con algo impúdico, que te enfebrezcas cuando recuerdes mi posesión y tengas que salir al patio a dar palmadas en el aire, a debatirte con la madrugada y remojar tu cara y el afluente de los pechos. Deseo enhebrarte, romper tu carne, trizarla contra los arrecifes. ¿Tendré fuerzas para escribir un poema, un solo verso? Vivo como esos helechos de ramas avergonzadas, como si mi corazón fuese el trapo empapado de brea con que tu mano prende las antorchas.

Ando que no sé andar ni escribir
ya no sé escribir por eso rasgo con desaliño
garrapateo garabateo intento halarme el espinazo.
Ando así la cabeza harta de zumbidos
a Tenochtitlán quisiera ir a alguna ruina
de cualquier plaga hartar mi corazón.
Imagínense que ayer confundí a una bella flor
con un pulpo que abría sus tentáculos para devorarme.

Encorvada sobre el lavadero mi madre estruja y estruja vehemente por devolverme la pureza. No percibe las manchas que más allá de mis prendas llevo incrustadas. Ardo como deben arder en el infierno pederastas y asesinos. Estoy entre las ruinas de una ciudad portentosa, lejos de todas las mujeres que me asfixian. El tiempo regresa a su escritura primitiva, a los carbones iniciales que los seres utilizaban para rayar en las cavernas. También retorno a un lenguaje infantil, al lenguaje del salto para agarrar la fruta, al gesto gutural y la lengua fraccionada. Algo secreto transcurre como una erupción bajo las pieles lesionadas. ¿Sabrán estas paredes que tirito, que las fauces grotescas de la noche se cierran sobre mí como las figuras de ahorcados que me acosaban en la niñez?

Del amor

Estoy intentando escribir
creo en la preeminencia del amor
lo escribo duro contra el papel
hundo el grafito en las porosidades.
Estoy escribiendo el amor existe
pero no creo que el amor exista.
No hay hombre ni mujer en mis versos
no hay querencia alguna en mis palabras
únicamente un ser ambiguo
el retoño de una planta que puede germinar
en vulva o glande.
Jamás hago el amor con mis palabras,
hacemos el dolor,
hacemos el dolor hasta el orgasmo.

MANOS DE POETA

Escribo para reunirte, para convocar algo disperso. Un cristal dulce ha cortado mis encías. Después de besarte sentí una sensación análoga a esos cristales provocándome excoriaciones en los labios. El calor del mes ha estropeado mis manos, no son manos de poeta. Me pregunto cómo serán las manos de un poeta. Pero yo no escribo, mancho el papel, derramo algún líquido denigrante, alguna oscuridad, algo que estaba empozado en mí y solo ahora, después de tantas marejadas y pudriciones, me visita.

Inciso a) estoy lamiendo el clítoris de una doncella. Ella tiene, según rito antiquísimo, las manos sometidas bajo los glúteos. Succiono el órgano que tiembla como una campanilla ansiosa. La virgen se retuerce bajo la floración del encarnado vástago. Inciso b) las coristas entran a escena pulsando salvajes melodías, arpas de euforia, una se inclina hacia la otra en actitud de súplica, el látigo restaña destellando en la carne signos escarlatas. Inciso c) letra del trío, dos jóvenes dibujan símbolos sobre un tercer cuerpo voluminoso, remojan sus pinceles en esperma y sangre mezclando ambas sustancias. Inciso d) flauta del solitario, el masturbador comienza a frotarse mientras las muchachas del inciso b) danzan frenéticamente, consumidas a percibir el éxtasis. El del inciso a) se ha manchado los labios de sangre virgen. La muchacha yace en posición obscena, muerta y desgarrada. Las coristas entonan, los jóvenes humedecen sus pinceles en el lienzo virgen, el cuerpo voluminoso se limita a una contemplación de autista. El masturbador irriga la melodía de su flauta sobre los senos espigados.

Será la vida

Será la vida quien necesita que muramos
ella es el cazador y la muerte su presa
y nosotros carnada
una barca la vida y la muerte barquero
y nuestros cuerpos remos
y Dios la corriente tormentosa.
O todo es un horrible sinsentido
y vida y muerte amargas solteronas.
No existen sino lujurias devorándose
y nuestra carne es lecho y nuestra sangre vino
y nuestros sexos copas.

OTRA CARTA TRISTÍSIMA

He venido a perdonarlo todo por vía de la escritura, a perdonarme entre todos. Hay un poema dentro de mí que no me deja ser perverso, algo virgen, que ni siquiera está hecho con palabras, sino de imágenes y algoritmos secretos, de esa inocencia con que espero entregarme. Triste Kafka, hasta el acíbar y la desolación. Lo imagino por las calles renqueante y desvalido. También me siento doblado. Es el peso de las palabras, nunca antes hubo esa consistencia. Encontré el centro de una voz, el tejido de una escritura que brota de las capas de tu nombre. (Como un alfarero moldea su vasija y después se aleja para contemplarla desde el marco de luz, así entro a los cuerpos). Me gustaría que entendieras inciso por inciso. Estoy guerreando conmigo. De esta contienda saldré vigorizado o abatido para siempre.

Plenitud

Siento que estoy finalizando, que llego al término. Aquí culmina algún fermento. En esta página mi alma se fracciona para siempre. Estoy harto del patetismo romántico de esperar en Dios algún provecho. Nada obtendremos de ese ser recóndito, de su burbuja inflada de absoluto. Estoy cansado de esperar la descomposición para obtener algún anhelo, quiero forzarlo todo, introducirme en la negra cerradura, revelar el mecanismo. Cada pin de mi ser y los pines secretos de mi alma. Deseo una realización, alguna plenitud en esta tierra, que la muerte se colme al estrecharme.

Despídete dolor
di adiós
adiós viejo dolor.
Enjúgate
ya no te gastes
recuerda cuando eras un dolorcito
y jugabas a las escondidas
cuando apenas dolías
cuando todavía no eras pena
ve arriba donde dicen
que culmina el sufridero
adiós viejo dolor
adiós
ve a Dios.

Que al morir me dejen los órganos intactos
y el corazón se pudra amando bajo tierra.

Cambio de moneda

Para escribir necesito agonía,
algún desmembramiento
algo parecido a las torturas medievales
a la tiniebla en que viviera la Condesa Sangrienta.
Tal vez necesite una Condesa Sangrienta,
un cambio de moneda
el cambio de moneda fuera de la poesía
tener una vida exterior a ella
alejada de su tensión.
Quiero existir fuera del sueño de las palabras
me encapuchan
taponan mis oídos
dan la orden para que la descarga
de órganos todavía latentes
se derrame sobre mi rostro
sobre mi conciencia
sobre los predios aún vírgenes de mi ser.
Tal vez necesite una virgen
una doncella de himen delicadísimo.
Mis palabras ya no tienen himen
he tenido que violarlas
amordazarlas porque querían gritar sílabas
que yo no deseaba que gritasen.

He tenido que arrastrarlas hasta la cuneta
como un ebrio por las greñas a una puta.
Arrodillarme con el éxtasis del sacerdote
que espera a la víctima marcada para el sacrificio.

III
La carrera del salmón

Tenía soñado escribir un poema
para cuando llegara del trabajo
resalada de sus reportes
pero hemos tenido nuestra primera discusión
así que el lugar del poema fue ocupado
por una sarta de maldiciones.
¡Creí que tendrías el salmón listo!
Me siento como el salmón
respondí
cansado de nadar corriente arriba.
Tengo que hacerlo todo sola
y presentó el salmón
adobado con ajo y vinagre
y cubierto de lascas de mantequilla.
Por la noche seguro me besas con odio
y me acuchillas imaginando que soy
una tira rostizada de salmón
(nuestra vida acontece en la cocina
ese espacio claustrofóbico de 3 x 3)
estoy cansada de hacerlo todo sola.
En ese punto me imaginé
un vampiro insular pegado de sus senos

de su tarjeta de crédito
estornudé
salud
thank you darling
siguió pelando un par de tomates
silenciosa
luego habló con sus padres.
¡A la noche veremos Jackie!
una película sobre la esposa de Kennedy
luego peló zanahorias
maquinalmente.
Juntos estamos ensayando
la disparatada fórmula del amor
meternos en una probeta
y practicar el monstruoso experimento.
¿Puedo escuchar la radio?
me dijo
¿te molesta si escucho la radio?
¿por qué no dices nada?
Estoy escribiendo.
¿Entonces no?
¿Para qué preguntará si sabe la respuesta?
y seguí tecleando frente a sus ojos
dándole forma a esta inexacta
(y sin dudas parcializada)
versión de los hechos.

HE AQUÍ LO PRIMERO
que debo advertirles
inocentes lectores.
Todo no es más que un simulacro
science fiction o pulp fiction
da igual
se trata de un abracadabra
un tétrico juego
uno de esos portales gelatinosos
de las pelis ochenteras
por donde escapabas
hacia otra dimensión.

LA EXTRAÑA DUERME A MI LADO
de manera que estoy unido
con un ser ajeno a mí.
No conozco sus intenciones
¿planea envenenarme?
¿cortar mi melena
y que los fariseos
mancillen mi lecho?
Su vagido quema mi rostro
sus ronquidos me alteran
aunque me embute sus brotes
atragantándome
desesperada
como madre deseca.
Me asfixia con sus piernas
de jabalinista
mientras murmura
y se revuelve en sueños.
La extraña duerme a mi lado
escribo en las tinieblas
intentando descifrar
el misterio de su pulso y mi pulso
desacordes en la misma cama.

La felicidad

Conseguir una esposa muda
como mi padre anhelaba que fuese mi madre
y antes que él mi abuelo anhelaba que fuese la abuela.
Pagar un vientre de alquiler o comprar un niño
bello ratoncito de laboratorio
que nos tendrá endeudados por años
y que quizás herede los impuestos
de su venida al mundo.
Comprar un AK-47 o un Winchester
una lindura de rifle para defender
a nuestro hijo de la esquizofrenia
de las supremacías
de las masacres
de las paranoias
de los abismos políticos
defenderlo del bien
defenderlo de la bondad
defenderlo para que no tenga
los ojos demasiado mansos
los mansos no heredarán reino ninguno
solo el matadero
la guillotina o la cámara de gas.

Encargar a nuestro hijo con genes perfectos
piel de vampiro y ojos azules
(azabaches le traerían mala suerte
nefastos augurios)
envuelto y empaquetado con la sangre idónea.

Animal doméstico

Me he convertido en animal doméstico
la blanda mascota que mi esposa quería
yo que detestaba el orden
marco en la pizarrita las tareas cumplidas
fregué los platos
saqué la basura
doblé las ropas
(incluidas sus prendas interiores
que huelo con fiebre de voyeur
en busca de trazas de orine)
filtré el agua
mi esposa dice que reduce los niveles de mercurio
y purifica de virus y bacterias
ya puse los desperdicios en el compostador
y cambié los pañales de la niña
cerrando las pegatinas de velcro
con el anhelo de que sus genitales
permanezcan intactos para siempre.

EULOGIA

El estampido de la palabra madre
las cataratas brumosas
sus flacas manos encallecidas.
Mamá delgada y ojerosa
cuyo perfil transido
hubiese fascinado a Modigliani
su penitente martirio y la tristeza corva
ese bulto de síntomas que es mamá
cuando dobla las esquinas del barrio
pedaleando en su bicicleta.
En mi poema
o en el callejón sin salida que es todo poema
en esa magnitud termodinámica
arrullo a mi madre
acaricio sus cabellos también atormentados
hasta la más profunda raíz
y mamá pequeñita se ovilla entre mis brazos
madrecita hija mía
entono abatido por mi fiebre mental
mientras escribo
o dibujo en las galerías del sueño.

STRIPPER

Intento leerle uno de mis poemas
pero a ella le urge ver su show
un show de crímenes
la historia de mis crímenes la aburre
porque soy la víctima y el victimario
juez y verdugo.
En mi show yo tengo el escalpelo
y estoy a la par tendido
sobre la mesa de autopsias
abriéndome desnudo
escudriñando cada palmo.

BALADA

En el oeste, nena
te acribillarán a balazos el corazón
el oeste de casacas rojas
armados con ametralladoras
en lugar de flechas infectadas de curare.
En el oeste, en el oeste, nena...
En la comarca del viejo Dalai Lama
y el pato Donald Trump.
La comarca del Global Warming.
Aquí nos fumamos el planeta, baby
como el cristal que necesita un yonqui.
En el fucking oeste, nena
el fucking oeste sin odio ni amor
en el oeste, nena
esta cama de moribundo
donde se echa cada tarde el sol.

El milagro

Lanzar escupitajos de lenguaje
a diestra y siniestra
como si tuvieses el poderío
de germinar las cosechas
una saliva que alimentara
el cauce de los océanos
tan poderosa que en tu boca
la humanidad pudiera multiplicar
sus panes y sus peces.

Segunda Eulogia

Madre, la poesía es un pájaro que canta
en el tendido eléctrico.
Me abofeteabas desterrándome
al rincón más oscuro de la choza
estoy en lo oscuro oscuro madre
llamándote
intento salir de lo oscuro oscuro de tu vientre
hacia lo oscuro oscuro de la vida
(Le pedí que se abriera las alas del sexo
y se llenara de su propio polen.
Me fascinaba verla así
arqueándose
como una oruga
en su metamorfosis).
sigo postrado en la negrura
como cuando llovía en la charca
de mi infancia
lejanamente lejos
mírame madre
con tus ojos devorados por la catarata
mírame triste triste
toda esa pesadumbre que bebí

de tus tetas amargas como la escoba amarga
los pellejos enjutos de tus senos
esos pellejos que persigo en otros cuerpos
como un acosador.
(Sigo poniendo saliva a la chica del espejo
maquillándola por dentro
llenándola de mis pulsaciones.
En el interior de las paredes
vaginas lubricadas
vaginas desconchadas dentro de la cal).
Estoy
solo con mis fantasmas madre
solo con la tierra de mi tumba
solito con el viejo del saco
solito en el campamento del solo
soliloquiando madre
soliloco mamá
ahora en esta ciudad vertiginosa que es lo mismo
que estar en un pulcro manicomio mamá
completamente libre
dentro de una mazmorra capitalista
cagándome en la madre de Marx
en la madre de Engels
en la madre del calvo ojos de pederasta
que nos mareó con su montaña rusa
en esta lengua inconsistente y de médula inaccesible
incapaz de comunicar
la atroz dimensión de mi soledad

porque sus palabras agujereadas
de vientres huecos
no sabrían cómo describir
las tundas que me diste
los coscorrones que me deformaron el coco
soy para siempre el niño contrahecho
que amasaste con el odio de tu amor
el bicho que va a terapia cada jueves
y se excita con la terminología clínica
ataques de pánico traumas bloqueados
poluciones nocturnas en donde finalmente
canalizo mi rabia
pero nunca sobre ti madrecita
(Nada hay más varonil que doblar
la ropa interior de tu mujer
imagino que estoy doblando su sexo
cerrando los labios mayores y menores
retozando con su zona inguinal)
porque la madre es sagrada y yo me dejo vejar
me dejo vejar como esos niños
a quienes los curas toquetean con piadosa lujuria
y la criaturita permanece en silencio
porque en el coro de la iglesia
le han taladrado taladrado taladrado
ofrecer la otra mejilla
siempre.

QUÉ FELICES CON SUS DROGAS
y su sexo en grupo
y su meca del porno
y su Playboy
estos ciudadanos
que viajan cada año
y retornan a sus antesalas del horror
porches adornados para navidad
rodillas blandengues
y mórbidas de Papá Noel
podridas modelos primaverales.

Soñé otra vez que me rapaba el cráneo
tenía ganas de estropearme
hacer penitencia por un crimen
cometido por otros
pareces el sobreviviente
de un campo de concentración
decía mi esposa con la voz deformada
por las cámaras del sueño
renqueo en la oscuridad hacia el precipicio
como una alimaña.

Contarte del agua cancerosa
corriendo bajo el puente de mi infancia,
la sonrisa de las biajacas
sus molares carcomidos por la herrumbre.
Cada vez necesito menos palabras.
No imaginismo ni surrealismo
hablo de suprarrealidad
parálisis emocional sintaxis atrofiada
una llovizna radiactiva
sobre la mole herrumbrosa del pasado
hablo en parábolas que solo tienen
una esquirla de sentido
objetos inservibles que atesoro
sin razón aparente.

Aristóteles & Platón

De acuerdo con Aristóteles
el arte es medicinalmente útil
según Platón
el arte es una paja mental.
Nuestras vidas penden de un hilo
era todo lo que iba a decir.
He perdido el hilo del discurso
la veta el manantial.
Ahora todos escriben
y sus versos parecen hermosos
pero la belleza no es más el ideal
que nos mostraron los helenos
sino una desfiguración
un estruendoso equívoco.

EN EL LIMBO DE ESTA TENDEDERA
que llamamos ciberespacio
pinchamos
con ansia lúdica
encerrados dentro del plasma
que nos desfigura.

Abro las rutas críticas
esclarezco la escena
repaso tu cuerpo con mi lengua
igual que los forenses
limpian el cadáver.

MIRO UNAS FOTOS DE SUSANA SAN JUAN

Aunque existen las calientavergas pasivas
Susana San Juan es una calientavergas activa
proactiva cinemática hiperquinética.
Me pregunto si debido a que todo lo literaturizo
Susana San Juan no se llama en verdad
como el personaje de Rulfo
monologando bajo las losas
al ritmo aquietado de sus pechos de piedra
que convierten mis labios en gárgolas.
La pantalla de mi iPhone
es también una losa fría de granito
donde los muertos hablamos con los muertos
creando una simulación de vida.
Y Susana San Juan muestra
sus senos grandes y agrietados
surcados por el río de la muerte
una circunvalación de venas
un kamasutra de arterias inmóviles
copulando sobre sus pechos
violetas como las aguas del Estigia.

El virus

El virus era eso
arrinconarnos amordazarnos
obligándonos a filtrar con nuestros cubrebocas
cada partícula de aire.
Nunca sabremos si fue parte de un descalabro mayor
producto de algún disparatado ensayo
o una limpieza genética para que los fuertes prevalezcan.
Los hombres hemos sido desde siempre
conejillos de indias.
De ser un plan divino nos tiene cada día más despistados.
Es un bulo metafísico con aires de expediente X
que seguirá extinguiéndonos a montones.
Se ordena cerrar nuevos muros
y levantar otras barricadas.
Parece una ola gigantesca que deseara aislarnos
dividiendo el mar rojo y el mar negro
no para salvar al pueblo elegido
sino para engullir a toda la anestesiada humanidad.

Las calles desoladas
como si viviéramos en un filme de terror
hace rato vivimos en esa pantalla
pero otra mayor la cubre
escondiendo nuestra pudrición
como la tierra oculta nuestro hedor al morirnos.

Maniquíes de ojos congelados
aparentemente móviles bajo el sol del verano
zombis de traje y corbata
con el nombre del pato antisemita
mascullado entre labios
anunciando recortes aranceles hecatombes.

Muñecos sobre zancos podridos
kamikazes posmodernos
fantasmas con bolas de cristal en las córneas
incapaces de experimentar la mínima empatía.

Goodwill

Hoy me levanté con el pie izquierdo
y fui de compras a Goodwill
regalarme algo me relaja
mengua mi furia
por cada dólar que gastes
en Goodwill
92 centavos se usan
para ayudar a algún discapacitado.
Goodwill
un local terapéutico para millonarios.
Compré un short de surf
pensar que alguna vez
esa tela guardó los testículos
y el guindajo de otro hombre.

LA VERDADERA METAMORFOSIS
no es la que propone Kafka
sino la del insecto
que una mañana despierta
convertido en persona
qué estremecimiento le ocasionaría
cepillarse los dientes
preparar un café
lavar los platos
sacar la basura
darle unas vueltas al compostador.

A falta de inspiración

Soy un enfermo mental
de esto podría escribir auténticamente
de mi dolencia
de la giba que escondo
una joroba invisible
que me va encorvando.
La poesía no tiene cabida en este mundo
tienen razón señores
no sirve para nada
es un gasto innecesario de pliegos
un sumergirse en la charca de Narciso
a sabiendas de que nos ahogaremos
extasiados con nuestra propia imagen.
Soy un enfermo
la cabeza hinchada de conjugaciones
de esto podría perorar por horas
ante el auditorio que solo pide
un poco más de perversión.
Soy un enfermo
podría seguir cebando pólvora en esta mecha
hasta que el último miserable agonizara.

Del sueño americano

América procrea máquinas que trabajan 12 horas al día
impulsadas a base de lubricantes para reajustar
las imperfecciones de la jornada anterior
máquinas eficientemente engranadas a sus pares
en el ciclo interminable
de una reproducción automática
(pese a cualquier desperfecto jamás contradicen
la sagrada ley del trabajo).
En ocasiones cumplen funciones aleatorias
como aportar energía residual
a maquinarias obsoletas remolcándolas al desguazadero.
Máquinas feministas o patriarcales
vegetarianas o carnívoras
incapaces de percibir el engranaje mayor.

ARTE POÉTICA

Pessoa dijo alguna vez que se había puesto la máscara
y cuando intentó arrancársela era tarde
la tenía pegada al rostro
de manera que comenzaron a identificarlo
por su máscara
así sucede con el arte poético
edificas un hombre o algo semejante
porque en lugar de órganos tiene sílabas
y signos verbales en las entrañas
y ese Frankenstein te suplanta
todos creen saber quién eres por el monstruo alternativo
que las palabras han engendrado.
Sobre este asunto
Bernardo Soares amigo y enemigo de Pessoa
escribió una frase tremenda
que en este minuto no logro recordar.
El arte poético comienza con la anulación
te colocas la máscara y al intentar arrancarla
descubres que esta y lo que juzgabas tu rostro
son inseparables
como siameses conectados
por una maraña de cables fibrosos.

En el instante que nos robamos la base
descubrimos que no hay base
no hay fundamento
y pisamos en el vacío
las gradas están repletas
de espectadores del vacío
espectros vitoreando espectros.

Escritura romboidal

Me quedo con tus miedos
tus cataclismos y neurosis
lidiando con la memoria de los tipos
que te han madreado
entre el nicho de tus nalgas
mientras nos removemos en esta danza
que ya tiene millones de años.
Me quedo con tus zapatos
jugando al escondido bajo los rincones
aferrado como un recién nacido
al cordón de su madre
oliendo tus humores tus sudores
tu mal aliento al despertar
embistiéndote como un loco
desquiciado
por la escritura romboidal de tu pubis.

La medicina contemporánea
extiende el sufrimiento
en una especie de limbo farmacológico.
Dilata con crueldad la agonía del enfermo
conectándolo a máquinas que sustituyen
las funciones vitales de órganos maltrechos.
El paciente es un objeto atascado
en el circuito de ganancias y pérdidas.
Se precisa alargar su permanencia
no por caridad o compasión
sino debido a un intercambio mercantil.
Los parámetros clínicos del enfermo
son evaluados en función de vaivenes bursátiles.
Es forzoso permitir que el tumor
se expanda hasta ciertas zonas
que cada célula maligna ejerza sus funciones
dentro de pautas estrechamente vigiladas.

Clones

En todas partes los mismos
desquiciados
la misma árida música
los vanidosos
los tontos de siempre
idénticos altoparlantes en todas
las esquinas del mundo
la estupidez de siglos
el arquetipo de nuestra raza
la repetición de la serie
soldaditos de plomo
con las bayonetas perfectamente caladas.

DEVASTACIÓN

Los mismos pensamientos
enyugándonos
las predicciones
las cartas de otro cuerpo
el sol pudriéndose
sobre los muros agrios
la música de la niñez
embalsamándonos
la ceniza de siempre
los campos de concentración
de la inocencia
las escaleras
el rocío de la muerte
subiendo los peldaños.

CARNE DE ASILO
pedazo de inmundicia
que sondeado y a rastras
ganabas la calle
renqueando sobre tus muletas
los ojos vacíos
devorados por la catarata
como esos frutos
que los mirlos picotean
dejando una perforación enfermiza.

Mᴉ ʟɪʙɪᴅᴏ ɴᴏ ᴍᴇ ᴅᴇᴊᴀ ᴇsᴄʀɪʙɪʀ
una idea coherente
solo esta lombriz solitaria bailando
como un trozo de carnada
ávida porque el pez la vea
su muesca filosa deseando atorarse
en la agalla que tanto me perturba.
Llevaba razón el tío Freud
nuestra libido arrasa la corteza racional.

LAS ENFERMERAS ME VUELVEN LOCO
siempre las veo desnudas
con sus cofias por toda vestimenta
y esas medias que usan
como pieles de serpiente bajo la falda.

Respiro el aire enfermo de unos vejestorios
asfixiados por su hedor a cadáver
puedo palpar la muerte en sus facciones macilentas
y me pregunto si también cuando llegue mi hora
me aferraré igual que ellos a la vida
ensuciándola con las emanaciones
de una próstata endurecida y un esfínter flojo.
La asepsia de los hospitales capitalistas es admirable
de estos enclaves se parte pulcramente.
Recelo de mi humanidad
o tal vez sea demasiado pragmático
pero a veces me aguijonea el impulso
de estrangular sus conductos respiratorios
con una almohada blanquísima
y proporcionarles con mis propias garras
el descanso que sin dudas merecen
convencerlos de que esa pestilencia
que emana de sus poros y de sus bocas
abiertas y rellenas de dientes postizos
es el final o el principio de algo
que es preciso cortar de raíz.

¿TE GUSTA TOCARME?
Soy un niño explorador
respondo
un Boy Scout agazapado
bajo la red de yerbas
buscando a un enemigo invisible
oteando el cielo en espera de las explosiones.

La taza del viejo refracta sus detritus.
En las nervaduras de la losa
puede medirse el quebrantamiento del alma.

Es una especie de intercambio
entre el poseedor y sus posesiones
suerte de magia simpatética que trasmite
el carácter del anciano a sus objetos y viceversa.

Cuando agarro la taza para servirle café
puedo anticipar el repulsivo temblor
de sus cuarteados labios en la porcelana.

LA ENFERMEDAD GANGRENA TODO
rodea los objetos.
Mi propia taza ha adquirido
una tonalidad amarillenta
de pernoctar al lado de las tazas
donde los viejos beben.

BAJO ESTE ÁRBOL
me siento a pensarte
y acaricio su corteza
imaginando la forma
de tu cintura
tus manos lánguidas.
Bajo este árbol
busco la humedad de tu carne.
Bajo este árbol pienso en nuestros muertos
en los seres que se amarán detrás de nosotros
cuando el anhelo de volver a abrazarte haya cesado
y los apéndices de la tierra nos aprisionen.

PODRÍA DETENERSE MI RESPIRACIÓN
y acabar la película
o Dios cerrar todas las válvulas
y caer el telón con el anuncio de una bomba
en el foso de la orquesta.
Los espectadores de seguro aplaudirían
o llamarían al 911.
Difícilmente soporten
mi obscena cara de orgasmo público.
Nada lastima más al hombre que la felicidad.
El paraíso fue inventado
con el único propósito de la expulsión.
Soy el flautista de Hamelin
y mi sexo una rata apestada
que sale chillando de los camerinos.
Las palabras me han funcionado
desde niño
cuando momificado bajo las sábanas
rezaba al dios del miedo
angustiado por la herida
de la menor de mis primas.
Cómo iba a imaginar

que aquel piquete entre sus piernas
no dejaría de perturbarme.
Podrán estas digresiones mantenerme a salvo
o seré acuchillado sobre el plató de un reality
por alguno de mis más fervorosos lectores.

POR LAS ONDULACIONES DE TU PUBIS
se alinean las estrellas
el mar brama
con tus gemidos de amor
toda la naturaleza persiste
a expensas de tu presencia luminosa
los pájaros anidan duplicando
en las ramas el nido de tu vientre
las floraciones remedan
tus brotes saciados de miel.
Tu clítoris es el más delicado de los pistilos.

Incompletos, sesgados
como si después de sufrir una parálisis
aprendiéramos a escribir con la mitad del cuerpo
muy al fondo qué solos estamos
y también muy en la superficie
qué desolación puede verse
en nuestra cara que se cae a pedazos
nuestra careta de muñecón de feria
nuestra máscara de barro
endurecida y cuarteada por el sol.
Después del consabido manoseo
justo después de haber hecho
el amor con odio hasta extenuarnos
del amor y del odio por igual
(se hace el amor con un poco de saña
y la pura furia siempre tiene
una mezcla de algo más)
qué soledad tan desoladora
qué tierra lejana la del otro cuerpo
como si fuese la superficie recién explorada
de un planeta desconocido
una cápsula que debimos abandonar en el espacio

fragmentos
esquirlas
cuarteaduras secretas
pedazos del ser amado que vuelan
dinamitados
como si el amor activara la espoleta
que nos hará reventar por los aires
trozos de la amada que luego
sobajearemos a escondidas
solazándonos
arrodillados en algún rincón
con otro nombre mordido entre los labios
como un trapo embarrado en alcohol
para desinfectar la sajadura.

NUESTRAS BOCAS NO CONSIGUEN JUNTARSE
nuestros genitales se acoplan a medias.
Estamos detrás de la pantalla
nadie sabe adónde fueron
los personajes reales
estamos dentro de una farsa
detrás de una máscara que todos
confunden con la felicidad.

LA RISA DE LA NIÑA NO ES SUFICIENTE
para contrarrestar esta calma angustiosa
los andadores rechinan
por el piso de falsa madera
los dientes postizos en la mesita de noche
delatan la presencia de oquedades saburrosas
comienzan a revelarse los antecedentes
de una avalancha definitiva
incontenible.

El viejo acaba de soñar
que pinchaba una grupa
de proporciones bíblicas.
El nivel de realismo del sueño
casi le ocasiona un infarto.

CRUZADA

Cerca de las 11 me dieron ganas de masturbarme
ha sido lo único interesante del día
la voluntad objetiva de mi sexo
que en esos momentos alcanza una especie
de liberación del resto del cuerpo
emancipado de mi autoridad
internándose en la gruta cenagosa.

Mi sexo que como un veterano
de Irak o Afganistán
no logra discernir entre el mal y el bien
ni ver nada a través de su nublado
ojo de cíclope
inmerso en una especie de cruzada fanática.

Escrutinio

La cuidadora frota los rastrojos del anciano
con indiferencia clínica
los hijos (máquinas serviciales al capital)
carecen de un minuto extra.
El viejo es fregado
y nutrido por extraños.
Mejor sería retorcerle el pescuezo
supongo.

Recurrencia freudiana

Sueño con una espiral de vulvas entreabiertas
un abismo de coños irrigados
en cuya humedad braceo
coños oasis
espejismos en la arena de mi lengua
coños como peces que atrapo
y luego devuelvo a las profundidades
coños heridos
sangrantes
agallas ripiadas con furor
coños en cuya superficie de algas
hundo mis remos
coños a babor y estribor
a proa y popa
al oriente y poniente
como dulces bocas siniestras.

Triste conejita de Playboy
anestesiada por la urgencia de posar
tus pechos parecen globos aerostáticos
para elevarnos a contemplar la vida.

Triste conejita de Playboy
solapa de un número
prontamente remplazado
te desnudas para las cámaras
y todos nos convertimos en paparazis
golosos ante el festín de tu belleza.

Triste conejita de Playboy
de tanto posar en el cubículo refrigerado
tus piernas lúdicas se llenarán de várices
y ya no desearemos masticar tu belleza.

HE SUBIDO UNAS IMÁGENES
donde expongo
la reconstrucción de mi himen
el primer himen anclado
en una anatomía masculina
está causando furor
hoy se ha disparado la alarma de incendios
y no atiné a desactivar el mecanismo
han venido los bomberos
y alguien de la compañía de rentas
una chica embarazada
les mostré mi himen restaurado
y el capuchón fabuloso del clítoris
los bomberos comenzaron a lanzarse
del cuarto piso
enfundados en trajes de flamas
la preñada rompió fuentes
reporteros me acosan
modelos de revista ansían posar a mi lado
empresarios y políticos anhelan poseerme
compañías en alza me ofrecen contratos jugosos
las mujeres envían ramos

y los hombres bufandas multicolores
el presidente desea babearme la nuca
el cuatro de julio
los soldados ejecutarán protocolos marciales
ante mi marcha triunfante por la alfombra roja.

DEVOCIÓN

Abejitas sociales que dictan las leyes del panal
heredaron el desdén gongorino
el periscopio para contemplar
a las feas obreras y los zánganos grises
ululan con afectación
entre las estridencias del verano
estas abejitas no lo saben
pero su devoción es sexual
su mirar al cielo con ojos degollados
no es otra cosa que lujuria
se estrujan las manos sobre el pecho
pensando en el robusto báculo del buen pastor
la pose con que se hincan
es un apremio a la penetración
al murmurar sus plegarias imaginan
la vara que las fustiga y atraviesa
mientras entornan con fervor
sus ojos de penitentes.

Escrutinio II

La enfermera coloca un supositorio de glicerina
para vaciar los intestinos obstruidos del viejo
olvidaron cerrar la puerta
y pude observar la maniobra
el supositorio de punta afilada
los guantes blancos y la mano diestra e invasiva.

ALGUNOS POSTULADOS

No quiero ser el perro apaleado por la literatura
el indigente de ninguna generación poética
odio las poses
aborrezco a esos esperpentos
envanecidos por un puñado
de corazones rojos o manitas azules.
Me niego a ser el becerro angustiado
el payaso que envidia las piruetas del acróbata
el acróbata que siente celos del domador
mejor hagamos una orgía
sobre la tumba del monigote desconocido.

ACABO DE LEVANTARME
legañoso y acéfalo
sigo lanzando poemas desde el bullpen
los muchachos del barrio
siempre acertaban mis envíos
soy demasiado recto
no sé amarrar la bola
arremolinarla en una curva bonita
una slider o un lindo rompimiento
lanzo desde el bullpen y todos mis lectores
sobrepasan 300 de average
me detengo y salgo a mear
me place mear afuera
choco con un cielo despellejado
como si el cuero cabelludo del firmamento
fuera desollado por un indio loco
olvidaron extraer dos o tres tumorcitos
es todo lo que hay por estrellas
regreso al estado terminal del poema
a su coma inducido
me han extirpado la mitad del cerebro
padezco el síndrome del miembro amputado

con la mitad del cráneo sigo mintiendo
me han amputado el hemisferio derecho
y mi brazo izquierdo sigue lanzando
poemas de 90 millas
pese a mi formidable velocidad
el average de conexión de mis lectores
promedia 500
supongo que estoy enfermo
o simplemente agotado
o mis lanzamientos son predecibles
y en cualquier momento me sacan del partido.

Exámenes clínicos
defunciones
autopsias
cremaciones
reportes obscenos
sobre nuestro dolor
brújulas
faros
cartas de navegación
el informe de tus óvulos y mi esperma
el parte de las condiciones
atmosféricas de tu vientre.

Plegarias

Los enfermos babean plegarias
a un dios que les ha prometido
vida eterna
sus cuerpos ulcerados
no quieren saber del más allá
las carnes en estado degenerativo
aguardan todavía la anunciación
de alguna milagrosa cura.

El proceso de descomposición
parece haberse detenido
como si un taxidermista
hubiera extraído sus vísceras
embalsamándolas en vasos canopos
la hediondez de las tripas vacías
perfumadas y rellenas con mirra.

CADA VEZ MÁS POPULARES EN EUROPA
muñecas de silicona
con el esqueleto articulado
no experimentan goce ni dolor
solo un trozo de látex que recibe tu puñalada
fetiche de penetrar lo rígido
brecha ontológica
tampoco deben inquietarte
las enfermedades venéreas
o disparar antes de tiempo
muñecas hiperrealistas
bocas arrodilladas
succionándote
mientras al fondo
algo llamado humanidad
discurre.

Escrutinio III

La enfermera ha instalado el catéter
la morfina entra al conducto
la enfermera se llama Holly o Mary
el estafilococo ha dejado mis labios inservibles
no puedo besar a mi esposa
no puedo besar a mi hija
no puedo besar a la enfermera
el estafilococo es resistente
te reventarán la vena y después a agonizar
en el confort de tu colchón de agua
mosca dorada
ahogándote en una cucharadita de leche
has de tener fiebre para acosar la belleza
hasta estos mataderos.

MI VECINA HA DEJADO ATRÁS
su cascarón de macho
como el insecto abandona
su cascarón de oruga
el muchacho que fue mi vecina
se ha transformado
en una indescriptible mariposa monarca.

DICEN QUE VAN A TREPANARLE
el cráneo a la anciana
necesitan abrirle un boquete
para que el cirujano pueda emplazar
su instrumental y revolver la masa gris
en busca de esa semilla que no debe germinar.

MONOGRAFÍA

A las 8 tuvimos una sesión aséptica
como dos actores
que conocen su papel
ella bocabajo sumisa bajo cepo y látigo
yo gozándola con furor
pero todo exento de magia
mis yemas en sus escondrijos
como si fuesen las de un tipo cualquiera
dragando la veta del placer.

ÚLCERAS

No quedan a la vieja más de 4 pelos
chamuscados por la radioterapia
algunos mechones comienzan a retoñar
como la pelusa cenicienta de un pasto enfermo
desbrozaron un rectángulo
para obtener la biopsia
la vieja quedó luciendo un corte punk
la superficie lisa y brillante
me recuerda un coco seco
o quizás el diminuto corojo
que cuando niño machacaba
para obtener su dulce núcleo
el hermano de mi esposa ha olvidado
un martillo sobre la mesa
sopeso la herramienta con ademán distraído
la consistencia de su mango sintético
y la abrupta frialdad del metal
me estremecen.

Estudio

Necesitaban sujetos para un estudio
y me ofrecí voluntariamente
(por ochenta dólares)
e interpreté mi papel de rata de laboratorio
orina sangre esperma en el tubo colector
el estudio desriscaba por el lado genético
de manera que accedí a que analizaran
bajo el microscopio
la movilidad motilidad
y concentración de mi semen
a tres días de consumado el examen
mordí la oreja de mi vecina
exactamente a la altura del lóbulo.

Umbral del dolor

Ya no puede masticar
y traga cucharaditas de avena
que su cavidad bucal recibe con un mohín de asco
le preguntan a cuánto asciende la escala de su dolor
2, 3, 5, 7
¿cuánto duele?
¡la concha de sus madres!
responde y se tortura el cráneo
reducido como las pasas
que flotan en el cuenco de avena.

COBAYA

¿Qué pensará mi madre al leerme
mi mujer
el receptáculo que ha donado
sus óvulos?
¿qué pensará mi nena en diez
o veinte años?
mi amada ratita de laboratorio
mi dulce conejillo de indias.

Minuto 21

El viejo dijo
menos mal que regresaste
en esta casa me tratan como trapo
nadie me escucha
las voces son estridentes
o el viejo dijo las voces me están jodiendo
y mi manía de perfección literaria
acicala las frases
hicimos una cita para graduar
sus aparatos auditivos
lo llevé a que le cortaran el cabello
a comprar boletos de lotería
a que una masajista asiática
distendiera sus tendones atrofiados
le serví té y avena cada mañana
le alcancé el tarro de miel y la servilleta
calenté su sopa en las tardes
y algunos mediodías ungí en el lavatorio
su cuerpo calamitoso
puse las medias de compresión
en los tobillos tumefactos
apliqué antisépticos en la piel escoriada

cumplí todas esas tareas sin afecto o compasión
pero tampoco con resentimientos
el viejo me dijo
menos mal estás de vuelta
porque en esta casa
me prestan menos atención
que a los muebles que tiramos en el ecoparque
afeité su barba rala y canosa
con unas pinzas desbrocé los orificios nasales
me senté a su lado para mirar
partidos de fútbol retransmitidos cíclicamente
que el viejo consumía sin acordarse
de la vertiginosa sucesión al minuto 21
el pitazo del árbitro
la tarjeta roja
el gesto obsceno del jugador amonestado
y ese penalti convertido en un gol formidable
que celebramos una y otra vez.

CENTRIFUGADORA

La doctora Hatch dijo a mi esposa
que después de lavarlos en la centrifugadora
mis espermatozoides coleaban por millones
con una motilidad del 83 %
listos para emprender la carrera del salmón.

Residuo

La vieja se ha convertido
en un adefesio sin memoria
que se pasea desnuda por la casa
sus manos en la cabeza
como pinzas que escudriñaran el tumor
las tetas colgantes como ampollas desinfladas
pellejudas verrugosas horribles
su vientre alguna vez dador de vida
listo para acunar al feto de la muerte.

Que nuestra hija nos entierre en el jardín como un residuo orgánico más.

Los arreglos fúnebres de mis suegros sumaron cerca de 50 000 dólares.

Muestra

Entras al cuarto de recolección
escuchas los gemidos
el fingimiento de los cuerpos atrapados en la pantalla
aunque el propio acto amatorio
contiene mucho de simulación
penetramos cuerpos llenos de marcas
la música de sus gemidos llega distorsionada
por el eco de cópulas anteriores
una secuencia interminable
totalmente ilusoria
como esa verga tenaz que veo afanarse en la pantalla
mientras disparo en el colector mi chorro de gametos.

Con enorme pesar hemos sabido
que acaba de fallecer en Los Ángeles
ciudad donde residiera hace ya varias décadas
el poeta tenía 87 años
(planeo arribar a una edad provecta)
fue uno de los escritores más invisibles
de la Generación Invisible
su cadáver será cremado y las cenizas esparcidas
en la ahora mítica Charca de Perico
a petición del autor
de obras tan polémicas e incomprendidas
como *El vehículo humano*
y *Últimas vueltas al compostador*.

Ceremonia patética

la muerte debería celebrarse
no veo otro camino para salir de este atolladero
digan que en mis mejores años me encantaba follar
y que en mi decrepitud
seguí follando con la imaginación
así que ahora desciendo a donde sea que descienda
con la serenidad de un guerrero homérico
la palabra que más deletreó mi lengua fue clítoris
adoraba hincarme sometido por esa tiránica deidad
dejen el llanto a las dos o tres personas
que estuvieron junto a mí en las barricadas
malditas tiñosas que se nutren del sufrimiento ajeno
lloriconas a sueldo
váyanse a aderezar con sus lamentos otro velatorio
que sobre mis cenizas taconeen las putas
barnizando con sus chorros el mástil inerte
que alguna vez fuera mi leño furibundo.

MI MADRE CREE QUE LA LUZ MALA DEL INMUNDO
va a penetrar nuestra morada
pero Inmundo no va a penetrar en nuestra casa
no te preocupes madre
a Cosa Inmunda se le revirarán sus maleficios
mi madre dice que trabaja a la gente
con polvo de cementerio
azuzando el espíritu de un ahorcado
para que enloquezcas
te acosa martirizándote con demonios perturbadores
mi madre no sabe que soy un espíritu de luz
y Cosa Inmunda no puede entrarnos
estoy fortificado
con un hechizo de protección
resguardo poderoso
el inmundo no podrá saquearnos
déjame pasarte el huevo hijo mío
para limpiar las inmundicias
mi madre no lo sabe
pero me frota por todo el cuerpo
el huevo sanador de la poesía.

ÍNDICE

III. La carrera del salmón

Made in the USA
Columbia, SC
02 July 2024

68bf4508-3cf2-42fb-bc73-dfad850c59c4R02